Schrei nach Licht

Gesetzt nach den Regeln der neuen deutschen Rechtschreibung.

ISBN 3-85191-134-2

© 1998 Dachs-Verlag GmbH
A-1220 Wien, Biberhaufenweg 100/38
Alle Rechte vorbehalten
Druck und Bindung: Theiss Druck, Wolfsberg
1. Auflage
98 02 10 / 30 / 1

Engelbert Gressl

Schrei nach Licht

DachsVerlag

Die Handlung dieses Buches ist frei erfunden, aber ähnliche Vorgänge spielen sich in der Realität tagtäglich ab. Nur nimmt bei uns kaum jemand davon Notiz. Wir beschränken uns oft darauf, den bequemen Weg zu gehen und die Augen vor der Wirklichkeit zu verschließen.

Durch dieses Buch wollen Autor und Verlag konkret helfen. Von jedem verkauften Buch gehen öS 5,- an die Christoffel-Blindenmission, ein christlich-überkonfessionelles Hilfswerk, zugunsten blinder und anders behinderter Menschen in der „3.Welt".

Die Christoffel-Blindenmission unterstützt weltweit mehr als 1.000 Hilfsprojekte.
Schwerpunkte der Arbeit:
<u>*Heilung von Blindheit:*</u> *ca. 270.000 Staroperationen jährlich, Kosten: 350,- öS pro Operation.*
<u>*Vorbeugung von Blindheit:*</u> *z.B. Bekämpfung der Augenkrankheit Trachom. Behandlung von über 200.000 Familien jährlich.*
Kosten: 40,- öS für die Behandlung einer Familie mit Augensalbe.
<u>*Rehabilitation:*</u> *schulische und berufliche Ausbildung blinder, körperlich und geistig behinderter Menschen, Eingliederung in die Gesellschaft. Betreuung von 120.000 Behinderten.*
Kosten: ab 100,- öS monatlich für die Betreuung eines Behinderten.
<u>*Ausbildung einheimischer Fachkräfte*</u>*: 12.000 einheimische Mitarbeiter in Ausbildung.*
Kosten: ca. 500,- öS monatlich für einen Dorfgesundheitshelfer.

Unsere Arbeit wird großteils von Spenden getragen – wir bitten um Ihre Hilfe!
Spendenkonto: PSK 92.011.650
Nähere Auskünfte über die Projekte der Christoffel-Blindenmission:
A-1040 Wien, Waaggasse 8/6, Tel. 0043/1/586-77-32, e-mail: blindenmission@cbm.or.at

*Für Franz Göbhart, der mich gelehrt hat,
die Welt auch mit anderen Augen zu sehen.*

Inhaltsverzeichnis

1. Die Befreiung — 11
2. Viel Geld in kurzer Zeit — 15
3. Mbulu — 19
4. Verfolger — 26
5. Das Warzenschwein — 29
6. Ein schöner Tag — 33
7. Das belauschte Gespräch — 37
8. Die Erpressung — 43
9. Das Massaker — 47
10. Ein gutes Geschäft — 57
11. Tod den Freiheitskämpfern — 65
12. Der vergessene Schlüssel — 75
13. Die Ausbildung — 81
14. Der Waffentransport — 89
15. Eine wunderbare Begegnung — 93
16. Die Entdeckung — 104
17. Nur eine Mine — 111

18. Die Wahrheit	115
19. Der Held	120
20. Ich vergolde jede Sekunde	125
21. In letzter Minute	131
22. Schokolade im Bett	137
23. Trachom	140
24. Angst um Martin	146
25. Flucht	154
26. Hummer und Hunger	160
27. Noch ein Kaktus	170

Fakten:

... Kindersoldaten	173
... Kriege	177
... Minen und Blend-Laser	179
... Flüchtlinge, Milliardäre und ein friedlicher Freiheitskämpfer	181
... Blindheit	185
Fakten der Hoffnung	188

1. Die Befreiung

Es gab keinen Grund, den Angaben des Geheimdienstoffiziers nicht zu glauben. Nach diesen Informationen blieben ihnen nur noch genau zweieinhalb Stunden Zeit. Der Angriff auf das Militärcamp musste deshalb sofort erfolgen. So viel war den zwölf Rebellen klar, die in dieser Nacht irgendwo in Afrika unter einer getarnten Zeltplane hockten. Es blieb ihnen keine Zeit mehr, die Befreiungsaktion exakt zu planen. Sie mussten sich auf ihr Glück verlassen.

Mbulus Vater war der erste Kämpfer, der aufstand und sein Gewehr entsicherte. Dann schnallte er den Waffengürtel um und kontrollierte die Befestigung der Handgranaten sowie den Sitz des großen Kisu, des Messers. „Los, wir müssen Kun Suru-Vivu sofort aus dem Gefängnis holen. Wenn er sich erst einmal im gepanzerten Arrestantenwagen befindet, haben wir keine Chance mehr, ihn zu retten", flüsterte Mbulus Vater aufgeregt. Die anderen Rebellen nickten und machten sich ebenfalls kampfbereit.

Wenige Augenblicke später war die Rebellentruppe in der Dunkelheit verschwunden. Ihr Ziel, das Bari-Militärcamp, befand sich etwa einen halben Kilometer vor ihnen.

Im Zentrum dieses Lagers saßen in einem vergitterten Raum neun Männer, die mit Ketten an ihre Pritschen gefesselt waren. Jeder dieser Männer wusste, dass er in zweieinhalb Stunden ins Zentralgefängnis von Port Hurtcourt gebracht werden sollte. Dort warteten der Henker und ein Priester auf sie.

Kun Suru-Vivu saß auf den rohen Brettern der Pritsche und hatte den Kopf auf seine Hände gestützt. Er war verzweifelt und wusste, dass er seinen friedlichen Kampf verloren hatte.

Über diesen Mann war in den vergangenen Monaten manchmal in den europäischen und amerikanischen Medien berichtet worden, und einige Zeit schien es so, als würde er seinem Stamm tatsächlich helfen und die Ugunus vor dem Untergang bewahren können.

Das große Pech der Ugunus war, dass sie in einem Landstrich lebten, in dem es gewaltige Erdölvorkommen gab.

Das Öl, das anderswo Reichtum versprach, war für diesen afrikanischen Stamm der Schlüssel zum Untergang und die Ursache tiefer Verzweiflung. Ausländische Gesellschaften förderten das schwarze Gold rücksichtslos und verwüsteten dabei das Land.

Die Äcker, Gärten, Weiden und Wälder waren dadurch bereits vernichtet worden. Das aus rostigen und undichten Pipelines strömende Öl bildete stinkende, schlammige Tümpel, versickerte im Boden und vernichtete sämtliche Wasservorräte der Bevölkerung. Beim Abfackeln wurden die giftigen Abgase bei den Fördertürmen in die Luft geblasen.

Die Ugunus konnten nicht mehr wie früher Ackerbau betreiben, und die Soldaten des Diktators vertrieben sie rücksichtslos aus den Dörfern, sobald wieder ein neues Öllager in der Nähe einer Ansiedlung entdeckt worden war. Die verpestete Luft verursachte bei allen Menschen, die in dem Fluss-Delta lebten, schwere gesundheitliche Störungen. Die meisten der Kinder überlebten in dieser ungesunden Umgebung nicht.

Obwohl das Erdöl ausschließlich im Land der Ugunus aus dem Boden gepumpt wurde, erhielten die Bewohner dafür kein Geld. Sämtliche Einnahmen wanderten in die Kassa von Diktator Sinu Ubuchu und in die Konzernzentralen der ausländischen Förderunternehmen.

Kun Suru-Vivu hatte gegen diese Ungerechtigkeit zu protestieren versucht und zum gewaltlosen Widerstand gegen das Regime aufgerufen. Er wollte die Probleme, die seinen Stamm zu vernichten drohten, allerdings nicht durch Kampf, sondern friedlich durch Verhandlungen lösen.

Doch der Diktator war da ganz anderer Ansicht.

Er entsandte einige hundert Elitesoldaten, die in den Dörfern der Ugunus Angst und Schrecken verbreiteten. Als einer dieser brutalen Kämpfer versuchte, einen wehrlosen alten Mann zu Tode zu trampeln, wurde der Soldat von einem jugendlichen Dorfbewohner, der dabei nicht mehr länger zusehen konnte, mit einem Buschmesser getötet.

Dieser Vorfall passte genau in die Pläne des Diktators. Er ließ Kun

Suru-Vivu und acht weitere Mitglieder der Ugunu-Führungsgruppe sofort verhaften. Schon am nächsten Tag hatten die Richter des Diktators die Anklage gegen Kun und seine Freunde fertig.

Sie wurden beschuldigt, den Mord an dem Regierungssoldaten begangen zu haben, obwohl jeder wusste, dass sie zum Zeitpunkt der Tat über 50 Meilen von jenem Dorf entfernt bei einer Diskussionsveranstaltung gewesen waren. Dort hatte sogar jemand einen Videofilm gedreht, der diese Tatsache eindeutig bewies.

Beim Schauprozess gegen Kun Suru-Vivu und seine Mitangeklagten vor einem Militär-Tribunal wurde dieses Videoband vom Richter als Beweis für das Alibi nicht zugelassen und vernichtet. Geheimdienstoffiziere der Regierung bedrohten alle Zeugen der Verteidigung mit dem Tod. Als es einige Tapfere trotzdem wagten zu bestätigen, dass sich die Angeklagten zum Tatzeitpunkt nicht im Dorf befunden hatten, wurden diese Menschen noch im Gerichtssaal wegen Beleidigung des Diktators verhaftet. Dem Verteidiger von Kun Suru-Vivu wurde nicht gestattet, mit seinem Mandanten zu sprechen.

Das Todesurteil stand von Anfang an fest und war keine Überraschung. Die Richter hatten die Anweisungen des Diktators genau befolgt und jede Berufung gegen das Urteil beim Obersten Gerichtshof untersagt.

Als dieser Schuldspruch, der jeder rechtsstaatlichen Auffassung widersprach, im Ausland bekannt wurde, gab es einige Proteste von Regierungen aus Europa, die den Diktator allerdings nicht sehr beeindruckten.

Trotzdem nahm man in Europa an, dass es Sinu Ubuchu nicht wagen würde, den friedlichen Widerstandskämpfer und seine Freunde hinzurichten. Eine völlige Fehleinschätzung!

Schon zehn Tage nach dem Urteil sollte die Todesstrafe vollstreckt werden. Der Zeitpunkt dafür war streng geheim.

Nur durch die Bezahlung einer relativ hohen Bestechungssumme verriet ein Geheimdienstoffizier den Rebellen, wann Kun Suru-Vivu und seine Freunde in den Galgenraum gebracht werden sollten.

In genau zweieinhalb Stunden.

Der Rebellentrupp unter der Führung von Mbulus Vater hatte sich schon nahe an das Bari-Militärcamp herangeschlichen. Die Männer konnten bereits die Umrisse der Soldaten auf dem Wachturm erkennen.

„Wir müssen versuchen, im Camp größtmögliche Aufregung zu verursachen. Ich werde mich bemühen, direkt zum Arrestraum zu laufen und die Tür mit den Handgranaten zu sprengen. Einer von uns muss es in der Zwischenzeit schaffen, einen Lastwagen oder ein Geländefahrzeug zu ergattern, mit dem wir dann alle zusammen flüchten können." Mbulus Vater blickte in die Runde und sah jedem seiner Kameraden in die Augen. „Ich weiß, dass einige von uns diesen Angriff nicht überleben werden, aber wir müssen es trotzdem tun. Nur Kun Suru-Vivu ist in der Lage, unserem Volk die Befreiung zu bringen."

Langsam schlichen sich die Rebellen von der Seite an das offene Eingangstor des Soldatencamps heran und benützten jeden Busch als Deckung.

Die Wachposten hatten noch keinen Verdacht geschöpft.

Plötzlich zerriss ein ohrenbetäubender Knall die Stille der Nacht. Mbulus Vater war auf eine im Boden vergrabene Landmine getreten.

Innerhalb von Sekunden schalteten die Soldaten ihre starken Suchscheinwerfer auf dem Wachturm ein, die das Areal vor dem Soldatencamp sofort taghell beleuchteten.

Die Angreifer hatten keine Chance, als auf sie das Feuer aus Maschinengewehren eröffnet wurde.

Kurze Zeit danach setzte sich im Bari-Militärcamp langsam ein gepanzerter schwarzer Arrestantenwagen in Bewegung. In dem Auto, das zum Zentralgefängnis von Port Hurtcourt unterwegs war, saßen Kun Suru-Vivu und seine acht Freunde. Ihnen waren Hände und Beine zusammengekettet worden.

Im Zentralgefängnis prüfte im düsteren Exekutionsraum zu diesem Zeitpunkt der Scharfrichter noch einmal die Befestigung der neun Hanfseile.

2. Viel Geld in kurzer Zeit

Genau diesen Geschäftsabschluss hatte sich Frank Monograta erwartet. Eine Million in bar als Vermittlungsgebühr.

Die Vereinbarungen der drei unscheinbaren Herren, die sich an jenem Vormittag für eine knappe halbe Stunde im Hotelrestaurant getroffen hatten, waren wieder einmal eindeutig und kurz gewesen.

Frank Monograta sah diese Männer mindestens drei Mal im Monat in unterschiedlichen Restaurants, und üblicherweise war das Geschäft immer schnell unter Dach und Fach. Die Vereinbarungen ließen sich kurz so zusammenfassen: Die Ware musste innerhalb der nächsten drei Wochen illegal geliefert werden und die Bezahlung geheim bleiben. Selbstverständlich gab es keinen schriftlichen Vertrag, und jenes soeben zu Ende gegangene Treffen hatte offiziell niemals stattgefunden. Frank erhielt lediglich das übliche kurze Schreiben, auf dem die bestellte Ware genau aufgelistet war. Diese Lieferlisten bewahrte Frank dann zu Hause in einem Geheimfach auf. Die Überweisung des Geldes, also Kaufpreis und Vermittlungsgebühr, musste – wie immer – rasch erfolgen.

Es gab keinen Zweifel daran, dass auch die Provision für Frank Monograta innerhalb der nächsten Tage auf dem Nummernkonto einer diskreten Bank in der Schweiz sein würde. Bisher hatte immer alles klaglos funktioniert, und auch dieses Mal waren keine Schwierigkeiten zu erwarten. Niemand hatte auch nur das geringste Interesse daran, seinem Geschäftspartner Probleme zu bereiten.

Eine Million für eine knappe halbe Stunde Arbeit war nicht schlecht, aber für Frank Monograta nicht unbedingt außergewöhnlich. Er wickelte viele solcher Geschäfte ab. Kein Grund also für besonderen Jubel. Auch an Reichtum und gute Geschäfte gewöhnt man sich mit der Zeit.

Im Leben von Frank Monograta schien seit einiger Zeit immer nur die Sonne. Früher, als er noch als Versicherungsvertreter arbeiten musste, war er finanziell mehr schlecht als recht über die Runden gekommen.

Nun aber hatte er sich in einen geachteten und wohlhabenden Bürger verwandelt, der in der Stadt geschätzt wurde, speziell deshalb, weil er so viel Geld für wohltätige Zwecke spendete.

Früher – als Versicherungsvertreter – hatte er oft von einem ganz simplen Badeurlaub am Meer geträumt. Heute besaß er eine wunderschöne Jacht, die im Hafen von Monte Carlo vor Anker lag. In seiner Garage standen ein Ferrari und ein Jaguar. Als Familienkutsche wurde ein Rolls-Royce verwendet.

Wenn Frank in Amerika war – wo er ebenfalls eine Villa besaß – zog er es vor, mit seinem wertvollen AC-Cobra aus den Sechzigerjahren unterwegs zu sein. In London hatte er erst im vergangenen Jahr eine geräumige Wohnung erworben.

Frank ging es ausgezeichnet.

Es bestand kein Zweifel daran, er war Multimillionär.

Er hatte eine reizende Familie, zwei gesunde Kinder und eine liebenswürdige Frau. Er konnte sich alles kaufen, was es für Geld zu kaufen gab. Das Einzige, was er sich nicht leisten konnte, war ein schlechtes Gewissen.

Langsam ging Frank Monograta an diesem Vormittag aus dem Hotel, in dem er gerade dieses angenehme, kurze Verhandlungsgespräch mit seinen Geschäftspartnern geführt hatte. Er trat vor das Gebäude, blieb einige Sekunden unter dem Vordach stehen und atmete tief durch.

Es regnete ganz leicht.

Frank schlug den Mantelkragen hoch und überquerte mit schnellen Schritten die Straße.

Ein breites Grinsen huschte über sein Gesicht, als er seinen dunkelgrünen Jaguar XK8 erreicht hatte. Der zwischen zwei Kastanienbäumen geparkte Wagen mit der schwarzen Ledertapezierung sah gut aus.

„Nicht schlecht", dachte er sich, „das Auto habe ich mir jetzt gerade in einer Stunde verdient." Sein grünes Cabrio war erst in der vorigen Woche geliefert worden. Frank genoss den Duft des frischen Connollyleders, als er im Wagen Platz nahm.

Er schaltete sein Handy ein. Zuerst rief er den Flughafen an, um sein

Ticket nach Paris für die Frühmaschine am nächsten Tag zu reservieren, dann verständigte er seinen Geschäftspartner, dass die Ware auf dem üblichen Weg geliefert werden konnte.

Mit diesen zwei Telefonaten war seine Arbeit für heute grundsätzlich erledigt.

Auf dem Heimweg stoppte Frank kurz bei einem der großen Spielwarengeschäfte. Er war glücklich, und zur Feier des Tages wollte er unbedingt auch seinen Kindern eine Freude bereiten. So machte er es immer nach einem guten Geschäftsabschluss. Das war schon irgendwie Routine. Diesmal kaufte er für seinen Sohn Martin einen batteriebetriebenen CD-Player, für Laura, seine Tochter, einige Bücher. Bei der Süßwarenabteilung vor der Kassa legte er zusätzlich zwei Großpackungen Bonbons und Schokoriegel für die Kinder in den Einkaufswagen.

Jetzt brauchte er nur noch ein Geschenk für seine Frau. Frank machte den nächsten Zwischenstop bei einem befreundeten Juwelier und kaufte für Gloria einen mit einem Diamanten besetzten Platinring.

Frank Monograta, der erfolgreiche Geschäftsmann, bewohnte mit seiner Familie eine Jugendstilvilla. Das Haus war hinter einer hohen Hecke verborgen und von der Straße aus nicht zu sehen. Der Zufahrtsweg zur Villa war ab dem großen, automatisch öffnenden Gittertor mit weißem Kies bedeckt. Dies ergab einen hervorragenden Kontrast zum dunklen Grün des gepflegten und kurz geschnittenen Rasens, der das Haus umrandete.

Frank öffnete mit seiner Fernbedienung das große Tor und fuhr auf den Kiesweg. Dann wartete er, bis sich das Gitter langsam hinter dem Heck des Jaguars wieder schloss. Langsam fuhr er den weißen Weg zum Haus hinauf und betätigte kurz die Hupe.

Wenig später kam Gloria durch die große Eingangstür.

„Na, wie war's?", wollte sie wissen.

„Hervorragend wie immer", sagte Frank mit einem breiten Grinsen. „ich konnte um eine Million Röntgengeräte und einen Operationssaal für ein südamerikanisches Spital verkaufen. Damit wird dort die medizinische Versorgung in den Slums entscheidend verbessert."

Gloria strahlte ihn an: „Du bist ein guter Mensch, mein Liebling."
Darin lag eben gerade der Irrtum. Frank Monograta handelte nur zum Schein mit medizinischen Geräten. Tatsächlich hatte er an diesem Vormittag eine Menge Handgranaten und Tretminen, so genannte Anti-Personen-Minen, illegal in ein afrikanisches Kriegsgebiet verkauft.

Durch seinen Anruf mit dem Handy hatte er veranlasst, dass sich die Ware in Kürze auf einem Schiff befinden und auf dem Weg nach Afrika sein würde.

Gloria und die Kinder wussten natürlich nichts von diesen Machenschaften. Sie hätten es Frank nie gestattet, auf so miese Art und Weise Geld zu machen, und lieber auf den ganzen Luxus, den Gloria oft als „ungesund" bezeichnete, verzichtet. Sie waren davon überzeugt, dass Frank mit speziellen medizinischen Geräten handelte und damit das enorme Vermögen verdiente.

3. Mbulu

Während sich Frank Monograta in seinem luxuriös ausgestatteten Badezimmer die Hände wusch, erwachte in Kugula, einem verwahrlosten afrikanischen Dorf, das in einer tristen, staubigen, braungrauen Landschaft stand, gerade der zehnjährige Mbulu und rieb sich den Schlaf aus den Augen.

Mbulu lebte mit seiner Familie in einer fensterlosen Wellblechhütte, einer so genannten Banda. So werden auch Hütten bezeichnet, die aus Holzstangen, Lehm, Sand und Mist gebaut sind. Das Dach der Banda bestand aus Elefantengras und war so angeordnet, dass in der Mitte eine Öffnung blieb, durch die der Rauch aus der Hütte abziehen konnte.

Das Wellblech der Hüttenwand bestand aus ehemaligen Ölfässern. Um zu diesem Baumaterial zu kommen, hatte Mbulu viele Ölfässer der Länge nach aufgeschnitten und dann das Metall mit einem schweren Hammer plattgeklopft.

Innen verliefen rund um die Hütte Lehmbänke, die bei Tag als Sitzplatz und in der Nacht als Bett benützt wurden. In der Mitte der Behausung gloste ständig das offene Feuer. Dieses Zentrum in der Banda war sowohl Kochstelle als auch Nachtofen.

In der Hütte schliefen neben Mbulu auch seine Eltern. Die beiden Schwestern und Babu – wie der Großvater genannt wurde – mussten ebenfalls auf der lang gezogenen Lehmbank Platz finden.

Der Großvater hatte, lang bevor Mbulu geboren wurde, beim Stamm der Turkana gelebt. Diese Bevölkerungsgruppe wohnte im keniatischen Grenzgebiet, nahe der Grenze zum Sudan, zu Äthiopien und zu Uganda. Aus jener Zeit stammten auch die vielen Schmucknarben, die Babus Körper bedeckten. Diese schmerzhafte Prozedur war in erster Linie ein Versuch gewesen, Krankheiten zu heilen. Babu hatte oft Probleme mit seinem Bauch und Rücken gehabt, deshalb befanden sich an diesen Körperstellen auch die meisten der Schmucknarben.

Früher war der Bub oft mit seinem Großvater vor der Hütte gesessen und hatte gebannt den Erzählungen von Babu zugehört. Besonders die Geschichten über vergangene Zeiten sowie die Berichte über geheime Schwurzeremonien und Opferungen im Busch begeisterten Mbulu.

Aber das war nun vorbei. Babu erzählte schon lange keine Geschichten mehr. Er lachte auch nicht mehr und saß nur den ganzen Tag teilnahmslos vor der Hütte. Im Dorf Kugula lachte überhaupt niemand mehr. Auch Stammesfeiern auf dem Dorfplatz wurden schon lange nicht mehr veranstaltet.

Als Mbulu erwachte, war die Glut des Feuers in der Mitte der Hütte schon sehr schwach. Zwischen dem Staub der Asche konnte man nur noch einige winzige rot glühende Punkte erkennen. Der Bub legte rasch das übliche Brennmaterial, einen getrockneten Kuhfladen, auf die Feuerstelle. Es gab ja kaum noch Holz in der Gegend und wenn, dann war es viel zu schade zum Verbrennen. Aus Holz konnte man doch so viele nützliche Gegenstände herstellen. Warum es also ins Feuer werfen?

Die Nacht im Dorf Kugula war wieder sehr kalt gewesen. Die ausgefranste, löchrige Decke, in die sich der Bub jeden Abend wickelte, hatte kaum Schutz geboten, war aber immerhin viel besser als die fünf großen Stück Pappe, mit denen sich seine Eltern, der Großvater und die Schwestern beim Schlafen zudecken mussten.

Mbulu erhob sich vom hartgestampften Lehmbett. Er streckte sich ein wenig, um den Kreislauf in Bewegung zu bringen. Ein weiterer Teil seiner Morgengymnastik bestand darin, einige Minuten lang an einer Stelle wie ein tanzender Massai mit beiden Beinen zugleich auf und nieder zu springen. Das brachte seinen mageren Körper rasch auf Touren.

Auch die ersten Fliegen waren schon in der stickigen kleinen Wellblechhütte und versuchten sich auf den Körper des Buben zu setzen.

Ein neuer Tag hatte begonnen.

Mbulu lebte im südlichen Hügeldistrikt, ziemlich nahe an der Grenze. Es war eine sehr arme Region, und für ausländische Investoren gab es in der Gegend wenig zu holen, denn in der Nähe von Kugula war kein Öl gefunden worden.

Trotzdem herrschte großes Interesse an diesem gottverlassenen Landstrich, denn er bildete die ideale Verbindung zwischen den Erdölfeldern im Landesinneren und dem Meer. Eine stinkende und an vielen Stellen undichte Pipeline war nicht weit vom Dorf verlegt worden. Durch den vergifteten Boden gab es nur wenig Weidefläche für die zwei Dorfkühe.

Das Leben im Bergdistrikt, den sie im Volksmund „Hidi" – eigentlich Hill-District – nannten, war monoton und verlief seit Generationen nach demselben Rhythmus. Auf die Kälte in der Nacht folgte unerträgliche Hitze am Tag, und nach der Trockenheit kam die Regenzeit mit sintflutartigen Überschwemmungen. Immer gleich geblieben waren lediglich die täglichen Probleme auf der manchmal unlösbar scheinenden Suche nach Nahrungsmitteln. Diese Probleme wurden allerdings von Tag zu Tag noch größer, denn dieser Teil des „Hidi", in dem Mbulu lebte, war seit einiger Zeit ebenfalls Kriegsgebiet.

Die Gegend war verseucht von Regierungssoldaten sowie Rebellen, die verschiedenen, oft untereinander verfeindeten Kampfgruppen angehörten. Die Rebellen nannten sich selbst Freiheitskämpfer. Auch Söldner, also jene Männer, die für Geld alles taten und denen es völlig egal ist, wofür oder wogegen sie kämpfen, waren immer wieder in der Nähe des Dorfes zu sehen.

Mbulu hasste alle diese Leute in Uniformen. Wann immer er einen Geländewagen mit Soldaten, Rebellen oder Söldnern erspähte, schlug er sich in die Büsche und machte einen möglichst großen Bogen um die grünen Männer mit den Schnellfeuergewehren und den Handgranaten.

In unregelmäßigen Abständen hatte es früher Hilfslieferungen aus Europa und den USA gegeben. Mbulu erinnerte sich oft an diese Zeit, wenn ihn der Hunger zu sehr quälte. Wie hatten sie sich immer alle gefreut, wenn die weißen Säcke mit den Lastwagen ins Dorf gebracht wurden. Dann gab es immer – wenn auch nur kurz – genügend Reis und Hirse. Aber seit die Kämpfe intensiver geworden waren, hatte die Zahl der Hilfslieferungen stark abgenommen, und die Menschen in den Dörfern waren ihrem Schicksal überlassen worden. Selbst die Missionare blieben immer öfter aus, weil die Gegend einfach als zu gefährlich galt.

Mbulu war für sein Alter ziemlich klein, aber dafür sehr kräftig.

Durch die schlechte Ernährung hatte seine Kondition jedoch gelitten. Besonders geschätzt wurde im Dorf sein Einfallsreichtum, wenn es darum ging, in Zeiten der Not immer wieder neue Nahrungsmittel aufzutreiben.

Erst in der vergangenen Woche war es ihm gemeinsam mit seinem Freund Gnanaguru gelungen, einen Bienenstock auszuräumen. Als Beute konnten sie stolz mehrere Waben mit Honig in die Hütten bringen.

Normalerweise waren jedoch Buschratten und Schlangen die bevorzugte Beute von Mbulu. Die Tiere wurden dann in der Hütte über der offenen Feuerstelle gebraten.

Doch von Tag zu Tag wurde es schwieriger, Schlangen aufzustöbern und zu fangen. Auch die Rattenfallen blieben immer öfter leer.

Da die Menschen so wenig zu essen hatten, gab es kaum verwertbare Abfälle in der Nähe des Dorfes Kugula und somit für die Ratten wenig zu fressen. Auch die Maisfelder, die normalerweise Buschratten anlockten, konnten wegen des Krieges und des mit Erdölschlamm vergifteten Bodens nicht bearbeitet werden. Die Felder lagen brach, und statt saftiger Maispflanzen gab es auf den Äckern nur staubige, trockene Erde oder übel riechenden schwarzen Schlamm.

So waren immer weniger Ratten in der Nähe der Siedlung zu finden, und da sich umgekehrt Schlangen bevorzugt von diesen Nagetieren ernähren, gab es auch immer weniger Schlangen rund um das Dorf.

„Schade", dachte sich Mbulu, „dass man Gras nicht kochen und essen kann, denn nur davon hätten wir genug."

Alle paar Tage gönnten sich Mbulu und die anderen Dorfbewohner eine ganz besondere Köstlichkeit – einen Schluck Blut. Von seinem Großvater hatte Mbulu gelernt, wie man eine Kuh richtig anzapft.

Das Anzapfen einer Kuh ging folgendermaßen vor sich: Mbulu holte das Tier von der Weide und schnürte ihm den Nacken ab, bis die Adern als dicke Wülste zu sehen waren. Mit einem halbmondförmigen scharfen Gegenstand, dessen Spitze etwa zwei Zentimeter breit und einen Zentimeter lang war, wurde die Ader verletzt. Der Kuh tat dieser Vorgang offensichtlich nicht weh, und aus dem etwa fingernagelgroßen

Loch in der Haut strömte das Blut in eine Kürbisschale. Mbulu sammelte bei jedem Anzapfen etwa zwei Liter Blut. Danach löste er den Strick vom Hals der Kuh, und der Blutstrahl versiegte augenblicklich. Anschließend trottete das Rind auf die Weide zurück. Es musste nun einige Zeit in Ruhe gelassen werden. Erst nach drei bis vier Tagen konnte man diese Kuh neuerlich anzapfen.

Die Dorfbewohner setzten sich, nachdem Mbulu seine Arbeit beendet hatte, im Kreis auf den Boden des Versammlungsplatzes, und jeder freute sich auf einen Schluck des köstlichen frischen Blutes aus der Kürbisschale, die in der Runde herumgereicht wurde.

Einige Journalisten, die vor gar nicht allzu langer Zeit einmal so eine Getränkrunde beobachtet hatten, empfanden dies als abstoßend und schrieben in der Zeitung über die „kannibalischen Ansätze" der Afrikaner. Dabei hatten die Menschen in Kugula nur versucht, auf traditionelle Art und Weise zu lebensnotwendigen Proteinen zu kommen, ohne dabei das Tier zu töten.

Mbulus Vater, den er Baba nannte, war erst vor kurzer Zeit nach mehrmonatiger Abwesenheit zu seiner Familie in das Dorf zurückgekehrt. Aber mit dem abgerissenen Unterschenkel und nur mehr einer Hand blieb ihm nichts anderes übrig, als tagsüber untätig vor der Hütte zu sitzen. Als Arbeiter und Jäger war Baba nicht mehr zu gebrauchen.

Mbulu wusste nicht, dass sein Baba diese Verletzungen bei dem Versuch erlitten hatte, Kun Suru-Vivu aus dem Soldatencamp zu befreien und vor der Hinrichtung zu retten.

Mbulu wusste auch nicht, für welche Freiheit sein Vater tatsächlich sein Leben riskiert hatte, denn es gab zu viele Gruppen von verschiedenen Freiheitskämpfern in diesem Land, die gegeneinander und gegen die Regierungstruppen marschierten.

Angefangen hatte alles so: Eines Tages waren Freunde seines Vaters in die Hütte gekommen, und schon nach wenigen Minuten konnten sie Mbulus Baba davon überzeugen, dass es gut war, für die Freiheit und mit der Waffe in der Hand gegen die Soldaten von Diktator Sinu Ubuchu zu kämpfen.

Sinu Ubuchu sollte gestürzt werden, dann wäre endlich Frieden, dann würde es wieder für alle Menschen genug zu essen geben. Dann würde Mbulu vielleicht sogar eine Schule besuchen können.

„Ja, ich werde mit euch als Freiheitskämpfer aus Kugula weggehen, und wenn ich wiederkomme, dann ist Friede, und dann wird es uns allen gut gehen." Mbulus Vater nickte und spuckte zur Bekräftigung seiner Worte nach überlieferter Sitte kräftig auf den staubigen Boden.

Als ihn die weißen Missionsschwestern in die Hütte zurückbrachten, fehlte Baba eine Hand und der linke Unterschenkel.

Seit dieser Zeit hatte Mbulus Vater nicht mehr viel gesprochen. Jeden Tag wurde er in der Früh vom Lehmbett gehoben und zu seinem Sitzplatz vor die Hütte gebracht. Dort saß er dann viele Stunden lang und starrte teilnahmslos in die Ferne.

Sämtliche Versuche von Mbulu, von seinem Vater die Ursache für diese Verstümmelung des Körpers zu erfahren, waren zwecklos geblieben, denn bisher hatte er seiner Familie kein Wort über die Erlebnisse als Freiheitskämpfer erzählt.

Mbulu versuchte trotzdem immer wieder, irgendetwas über diese Ereignisse, durch die sein Vater so zugerichtet worden war, zu erfahren.

Viele Männer aus Kugula hatten sich in der Vergangenheit den Soldaten oder den verschiedenen Rebellentrupps angeschlossen. So kämpften wahrscheinlich Männer, die früher im Dorf miteinander Feste gefeiert hatten, irgendwo da draußen gegeneinander.

Mbulu verstand das alles nicht.

Keiner der anderen Männer – mit Ausnahme von Mbulus Vater – war bisher ins Dorf zurückgekommen. Kugula war zu einem Dorf der Frauen, Kinder und alten Männer geworden. Der Hunger hatte die Menschen teilnahmslos gemacht. Das früher so lebhafte Dorfleben mit seinen Festen und Tänzen existierte längst nicht mehr.

Mbulu und sein Freund Gnanaguru waren an diesem Tag gleich am Morgen aufgebrochen, um eine viel versprechende Spur zu verfolgen, denn gestern hatten sie in einiger Entfernung vom Dorf die Fährte eines Warzenschweins entdeckt. Heute wollten sie versuchen, das Tier zu erlegen. Zu diesem Zweck nahmen sie nicht nur die üblichen Speere mit auf die Jagd, sondern auch einen Strick und das „Blattschwert".

Die Krieger vom Stamm der Samburu, die in Kenia – nahe dem Äquator – leben, hatten vor vielen Jahren die Idee gehabt, aus alten Blattfedern von Lastautos kunstvolle Schwerter zu schmieden. Ein solches „Blattschwert" war auf Umwegen in den Besitz von Babu, Mbulus Großvater, gelangt und seither im Familienbesitz. Mit dieser scharf geschliffenen Waffe konnte man ein Warzenschwein mühelos töten.

Als die beiden Buben das Dorf verließen, sahen sie in der Ferne eine Staubwolke, die immer näher kam. Es musste ein Jeep sein. Wahrscheinlich ein Fahrzeug auf dem Weg zur Grenze.

Sie beachteten das Geländeauto nicht weiter, sonst hätten sie vielleicht festgestellt, dass es direkt auf das Dorf Kugula zusteuerte.

4. Verfolger

Frank Monograta kam aus dem Badezimmer und lächelte seine Frau an: „Ich muss morgen sehr früh nach Paris fliegen, um die Auslieferung der Geräte zu überwachen. In einigen Tagen bin ich wieder zurück. Übrigens hab ich dir", sein Lächeln wurde noch eine Spur freundlicher, „wie immer etwas zur Feier des Geschäftsabschlusses mitgebracht."

Er griff in seine Jackentasche und holte die schwarze Schatulle mit dem Diamantring hervor. „Für dich, mein Liebling."

Gloria nahm die Schatulle und drückte ihrem Mann einen Kuss auf die Wange. Sie flüsterte ihm zärtlich ins Ohr: „Du bist ja verrückt, mein Schatz. Wie immer, wenn es um Geschenke geht."

Dann öffnete sie die Schatulle und steckte sich den Ring an den Finger. Sie betrachtete ihn eine Weile. „Ein wunderbares Stück. Ich danke dir", sagte sie zu ihrem Mann. „Ich weiß schon, dass du mich liebst, aber dauernd so teure Geschenke sind wirklich nicht nötig. Wir sollten mehr auf unser Geld aufpassen."

„Mach dir darüber keine Sorgen, die Geschäfte gehen gut", meinte Frank mit einem Lächeln und ließ sich in den bequemen Ledersessel vor dem offenen Kamin fallen.

Gloria Monograta ging in die Küche, um das Mittagessen fertig zu stellen. Frank blieb im Wohnzimmer und las die Sportberichte in der Tageszeitung. Gerne hätte er sich zum Zeichen des Wohlbefindens auch noch eine Zigarre angezündet, aber das war unmöglich. Seit er seinen Sohn in der vorigen Woche beim Rauchen erwischt hatte, war es vorbei mit den Zigarren. Kinder brauchen schließlich ein gutes Beispiel.

Frank war so wütend gewesen, als er Martin – mit der Zigarette in der Hand – im Wohnzimmer auf der Couch sitzen sah. Er hatte zu schimpfen begonnen, aber das väterliche Donnerwetter dauerte nur kurze Zeit, denn das Gegenargument des Juniors war mehr als überzeugend: „Wenn du paffst, Dad, dann darf ich doch wohl auch rauchen, immerhin bin ich schon 16."

Frank hatte daraufhin noch einen halbherzigen Versuch gestartet und damit argumentiert, dass Erwachsene das Rauchen eben besser vertragen als Jugendliche, worauf Martin nur meinte: „Ein junger Mensch ist erwiesenermaßen widerstandsfähiger als ein älterer, dessen einzige sportliche Betätigungen Golfspielen und das Fahren mit einem Ferrari sind."

Gloria war die ganze Zeit über schmunzelnd danebengestanden und brachte es auf den Punkt: „Mein Liebling" – dabei musste sie schallend lachen – „als so genannter älterer Mensch bist du jetzt in einem Argumentationsnotstand. Mit diesen stinkenden Zigarren ist es wohl vorbei."

Was blieb Frank in seiner Rolle als verantwortungsvoller Vater da anderes übrig, als spontan seinen Entschluss bekannt zu geben, dass er soeben mit dem Rauchen aufgehört habe.

Die Tür zur Küche war offen, und Frank hörte Gloria mit dem Geschirr hantieren. Er rief deshalb möglichst laut: „Wann kommen denn die Kinder aus der Schule?"

„Heute haben beide gleichzeitig aus. Der Unterricht endet in einer halben Stunde", antwortete Gloria aus der Küche. Dann noch der berühmte Nachsatz, der auf weibliche Neugier schließen lässt: „Warum willst du das wissen?"

„Ich habe auch Martin und Laura Geschenke mitgebracht und möchte sie ihnen gerne geben, bevor ich auf den Golfplatz fahre."

„Du verwöhnst die Kinder zu sehr. Ich finde es nicht richtig, dass du ihnen dauernd irgendetwas schenkst." Gloria kam zur Küchentür und blickte ihren Mann vorwurfsvoll an: „Die Kinder verlieren jeden Sinn für die Realität."

Doch diesmal saß Frank auf dem längeren Ast. Er brummte: „Wenn ich dir Diamanten schenke, dann dürfen doch wohl auch die Kinder etwas kriegen." Darauf wusste seine Frau – im Augenblick zumindest – keine Antwort.

Frank stand auf, faltete die Zeitung und legte sie auf den Couchtisch. Ein Lächeln huschte über sein Gesicht, als er sagte: „Ich fahre jetzt zur Schule und hole die Kinder ab. Dazu nehme ich den Roller."

Damit war sein blauer Rolls-Royce gemeint, der in diesem Fall als

Transportmittel besser geeignet war, denn sowohl der Jaguar als auch der Ferrari boten nicht genügend Platz für die Mitnahme von zwei Kindern.

Frank Monograta fuhr zur Schule und musste dort einige Minuten auf die Kinder warten. Der auffällige Wagen wurde von Martin und Laura sofort erspäht. Sein Sohn, die Baseballkappe wie immer verkehrt herum auf dem Kopf, sodass der Schirm den Nacken bedeckte, rannte über die Straße.

„Hi, Dad", rief Martin und schwang sich auf den Beifahrersitz.

Laura hingegen überquerte äußerst langsam und wie eine richtige Lady die Straße. Sie tat so, als hätte sie alle Zeit der Welt. Frank begann nervös mit den Fingern auf das Lenkrad zu klopfen.

„Mach dir nichts draus, Dad, sie pubertiert wieder", beruhigte ihn sein Sohn. Als auch Laura endlich im Wagen Platz genommen hatte, fuhr Frank Monograta langsam in Richtung Hauptstraße.

Er war so ins Gespräch mit seinen Kindern vertieft, dass er den grauen Kleinwagen nicht bemerkte, der ihn verfolgte.

5. Das Warzenschwein

Mbulu und sein Freund entdeckten schon nach kurzer Zeit die Fährte des Warzenschweins im sandigen Boden, und ihre Freude stieg sprunghaft, als sie bald darauf eine relativ frische Losung fanden. Kurze Zeit später sahen sie das Tier, wie es sich gerade bemühte, zwischen den Wurzeln eines alten Baumes nach Nahrung zu wühlen.

Der Wind stand günstig, und das Warzenschwein hatte sie noch nicht entdeckt.

Langsam schlichen sich Mbulu und sein Freund an das Wild heran, die Speere ständig zum Wurf bereit. Es war klar, dass sie das Warzenschwein mit den Speeren nicht töten konnten, aber wenn sie gut warfen, dann würde das Tier schwer verletzt werden und nur eine kurze Strecke flüchten können, verfolgt von den beiden jungen Jägern.

Wenn das Tier dann ermattet zusammenbrach, würde ihm Mbulu mit dem Blattschwert den Rest geben.

Problematisch war allerdings der Transport der Beute. Die Buben mussten es unbedingt schaffen, vor Einbruch der Dunkelheit mit ihrer Beute wieder im Dorf zu sein, da ihnen sonst große Gefahr durch die Löwen und Hyänen drohte. Die Raubtiere würden bei Einbruch der Dämmerung sicher alles tun, um den Kindern das erlegte Warzenschwein abzujagen. Gegen die Angriffe von Löwen und Hyänen, die sie Fisi nannten, hätten sie aber keine Chance. In so einem Fall musste von ihnen die Beute zurückgelassen werden, damit sie sich selbst in Sicherheit bringen konnten.

Mbulu wollte aber nicht an alle diese Gefahren denken. Jetzt ging es darum, sich möglichst nahe an das Tier heranzuschleichen, damit der Speer auch sicher traf.

Da, das Warzenschwein hob den Kopf. Gnanaguru war versehentlich auf einen dürren Zweig gestiegen, und das Geräusch hatte das Tier in Alarmbereitschaft versetzt.

Jetzt half nur noch der Angriff.

Mbulu schleuderte den Speer mit ganzer Kraft von sich und traf das Warzenschwein in den Bauch. Gnanaguru hingegen war über sein Missgeschick so entsetzt, dass er zu lange überlegte. Als er seinen Speer schleuderte, befand sich das Tier bereits auf der Flucht. Der Speer bohrte sich wirkungslos hinter dem Wild in den staubigen Boden.

Mbulu und sein Freund durften nun keine Zeit verlieren, sie mussten das angeschossene Warzenschwein verfolgen und ihm auf den Fersen bleiben.

Da jedoch die Verletzung nicht so schwer war, konnte das Tier mehrere Stunden lang in Richtung Savanne flüchten. Im dichten Unterholz brach der Speer, der bis dahin in der Beute gesteckt hatte, ab. Mbulu nahm den Schaft an sich, aber ein Speer ohne Spitze war als Jagdgerät nutzlos. Erst als der Blutverlust das Warzenschwein stark geschwächt hatte, verkroch es sich in eine Erdhöhle. Dies war ein Zeichen, dass es mit dem Tier zu Ende ging.

Mbulu begann mit dem Blattschwert den Eingang zur Erdhöhle zu vergrößern. Er benutzte dabei die Breitseite des Schwertes als eine Art Schaufel. Gnanaguru grub mit bloßen Händen.

Die Arbeit war anstrengend und schweißtreibend. Es dauerte recht lange, bis sie endlich ein genügend großes Loch gebuddelt hatten, um das nur noch schwach atmende Warzenschwein herauszuziehen. Mbulu tötete das Tier mit einem kräftigen Schwerthieb.

Die Jagd war zu Ende.

Die beiden Buben banden die Beine des Tieres zusammen und zogen den Schaft des abgebrochenen Speeres durch den Strick. Damit hatten sie eine optimale Tragevorrichtung für den Heimtransport der Beute geschaffen. Die Jäger standen auf und legten das Schaftende auf ihre Schulter. Das Tier hing sicher, mit dem Körper nach unten, auf dem Lanzenschaft, und die Buben konnten so ihre schwere Beute relativ mühelos transportieren.

Während all dieser Aufregung hatten die Jäger auf sich selbst völlig vergessen. Erst jetzt bemerkten sie, wie hungrig und vor allem durstig sie waren.

Sie machten deshalb eine kurze Rast, um ein wenig Wasser aus der alten Coca-Cola-Flasche zu trinken, die an Mbulus Gürtel befestigt gewesen war. Die Zeiten, in denen man in ihrer Gegend noch das Wasser aus den traditionellen Kürbisflaschen, die man Dundu nannte, getrunken hatte, war schon lange vorbei. Die schönen Dundus seiner Familie hatte Mbulus Vater für gutes Geld an Touristen verkauft, genauso wie den alten Familienschmuck mit den Anhängern aus Elfenbein.

Nun gab es – außer dem Blattschwert – nichts mehr zu verkaufen, seit sich der Großvater vor kurzer Zeit auch von seiner geliebten Schnupftabaksdose getrennt hatte.

Mbulu würde das verzweifelte Gesicht seines Großvaters nie vergessen, als Babu die aus einem verkürzten und kunstvoll mit Ornamenten versehenen Antilopenhorn gemachte Schnupftabaksdose einem Ausländer in die Hand gegeben und dafür einige zerknüllte Geldscheine erhalten hatte.

Durch die Armut und den Krieg hatte sich überhaupt so vieles im Dorf verändert. Statt eines Kikoi, des Lendentuchs, und wallender Umhänge trugen die Menschen alte, zerrissene Hosen und fleckige T-Shirts.

Die alte Cola-Flasche war nun Mbulus Gariba, wie man Wasserbeutel zu bezeichnen pflegte. Die Flasche hatte einen Stoppel aus Holz und steckte in einem Baumwollsack, der am Gürtel befestigt war.

Die beiden Buben trugen Sandalen, die aus den Überresten alter Autoreifen gefertigt waren. Keine schöne, aber eine äußerst strapazfähige Fußbekleidung.

Mbulu und Gnanaguru machten sich wieder auf den Weg. Erst jetzt, nachdem ihre Erschöpfung von der anstrengenden Jagd durch das Wasser ein wenig gemildert war, erkannten sie, wie weit sie sich vom Dorf entfernt hatten.

Die Buben mussten sehr schnell sein, um Kugula noch vor Einbruch der Dunkelheit zu erreichen.

Schon bald folgte ihnen ein Löwenrudel in großem Abstand, und die Tiere beobachteten interessiert, wie sich die Buben immer verzweifelter abmühten, ihre Beute weiterzuschleppen.

Langsam und unaufhaltsam kamen die Großkatzen näher.

Einige Meilen vor Kugula hörten die jungen Jäger das erste Mal hinter sich einen Löwen brüllen, und als sich Gnanaguru umdrehte, sah er fast ein Dutzend dieser Tiere, die ihnen folgten. Zu allem Unglück erspähte Gnanaguru in einiger Entfernung auch die Silhouette von Fisis. Die Hyänen folgten ihrerseits bereits den Löwen.

Beute war in dieser Gegend so selten, dass sich solche Neuigkeiten wie der Transport eines erlegten Warzenschweins offenbar schnell verbreiteten.

Verzweifelt begannen die Buben schneller zu laufen, was zur Folge hatte, dass ihre Erschöpfung von Minute zu Minute noch stärker spürbar wurde. Die Beine schienen ihnen wie Blei. Der Transport des Warzenschweins wurde immer schwieriger und das Tier immer schwerer. An eine Trinkpause war jedoch nicht mehr zu denken, denn dann wäre das Warzenschwein an die Löwen verloren gewesen, das wussten sie.

Die beiden Buben sprachen kein Wort miteinander und versuchten sich auf den Weg zu konzentrieren.

Die Dämmerung schritt immer weiter fort, und die Löwen kamen ständig näher.

6. Ein schöner Tag

Frank Monograta hatte seinen Kindern beim Mittagessen die auf dem Heimweg gekauften Geschenke überreicht. Martin und Laura waren es zwischenzeitlich gewohnt, ständig mit Präsenten überhäuft zu werden. Ein Zustand, der bei Gloria starkes Unbehagen hervorrief.

„Cool, Dad", murmelte Martin, als er von seinem Vater das Paket mit dem CD-Player überreicht bekam. Dann stellte er das Geschenk relativ gelangweilt neben sich auf den Boden und schaufelte weiter ungerührt das Steak und den Erbsenreis hastig in sich hinein.

„Bitte, iss langsamer, es nimmt dir niemand etwas weg", ermahnte ihn seine Mutter.

„Der Kerl frisst wie ein Schimpanse, der fast verhungert ist", flötete Laura von der gegenüberliegenden Seite des Tisches.

„Halt den Mund, du blöde Ziege", erboste sich Martin, „sonst reiß ich dir die Ohren ab."

Solche familiären Konflikte waren nichts Außergewöhnliches und wurden auch von den Kindern nicht besonders ernst genommen. Es war eher eine Spielerei. Frank und Gloria fiel es deshalb nicht schwer, die Auseinandersetzung rasch zu beenden. Während die Familie mit der Nachspeise beschäftigt war, die heute aus Erdbeereis mit Schlagobers bestand, startete Gloria einen neuerlichen Versuch, um den „Geschenkewahnsinn", wie sie es nannte, zu stoppen.

„Ich finde es von eurem Vater unverantwortlich, euch derartig mit Geschenken zu überschütten, und möchte dazu einen Vorschlag machen." Gloria legte das Besteck zur Seite und schaute in die Runde. Ihre Stimme hatte einen so scharfen und bestimmenden Ton, dass es plötzlich niemand wagte, weiter zu essen.

Auch Frank war klar, dass er jetzt kein falsches Wort sagen durfte.

„Uns geht es unbeschreiblich gut, weil Frank mit seinen medizinischen Geräten hervorragende Geschäfte macht", setzte Gloria fort, „aber das heißt noch lange nicht, dass wir uns wie die Wahnsinnigen aufführen müssen. Ich verlange einen Geschenkestopp!" Gloria war in einer Gemütsverfassung, in der sie keinen Widerspruch duldete. „Es ist überhaupt nicht einzusehen, warum wir uns alles hineinstopfen. Niemand in dieser Familie fühlt sich dadurch besser."

„Doch, ich fühle mich wohl dabei, weil ich gerne Geschenke mache", sagte Frank und schaute Gloria dabei treuherzig in die Augen.

„Ja, weil du ein guter Mensch und ein pädagogischer Trottel bist", sagte Gloria trocken. „Du verwöhnst deine zwei Kinder durch deine Affenliebe und ruinierst sie damit für ihr ganzes Leben, weil sie jeden Sinn für die Realität verlieren."

Gloria war jetzt richtig in Fahrt, und ihre Stimme wurde noch lauter. „Ich nenne nur einige Beispiele: Die Kinder fliegen im Winter zum Helikopterskiing, leben im Sommer auf unserer Jacht in Monte Carlo, jetten während der Osterferien zum Shopping nach Los Angeles und geben ihr viel zu hohes Taschengeld gedankenlos mit vollen Händen aus. Ich will, dass aus Martin und Laura völlig normale Menschen und keine verzogenen Wohlstandskids werden. Deshalb verlange ich mit sofortiger Wirkung einen Stopp dieses Geschenkewahnsinns!"

„Aber warum denn, Mama?", grummelte Laura. „Ich finde es super, wenn mir Daddy so viele Geschenke macht und meine Klassenkameradinnen vor Neid zerplatzen."

„Also, ich habe auch nichts dagegen einzuwenden, wenn ich weiter so viele Geschenke kriege, weil das ganz einfach cool ist", entgegnete Martin.

„Aber ich habe verdammt viel dagegen", protestierte Gloria, „weil dieses maßlose Schenken einfach nicht gut für eure Entwicklung ist."

Da hatte Laura den scheinbar rettenden Einfall: „Aber du bekommst doch auch so viele Geschenke, Mama", sage sie.

„Richtig", schnaubte Gloria, „aber ich kann diese verdammten Klunker ohnehin nicht mehr sehen. Der Diamantring, den ich heute bekommen habe, der liegt schon als Staubfänger in meiner Schmuckschatulle, weil mich das Ding beim Kochen gestört hat. Wir sollten mit unserem vielen Geld schön langsam etwas Vernünftigeres anfangen, denn goldene

Steaks kann ich euch sowieso nicht braten, weil die unverdaut im Magen liegen bleiben würden."

„Was schlägst du also vor?", fragte Frank.

„Ich möchte, dass wir beginnen, jenen Menschen zu helfen, denen es nicht so gut geht, die nicht auf die Butterseite des Lebens gefallen sind. Suchen wir uns doch konkrete Projekte, bei denen wir mit einem Teil unseres Geldes Gutes tun können."

„Okay, ich überlege es mir", lenkte Frank ein, „ich fliege ja morgen früh nach Paris und werde von dieser Geschäftsreise ausnahmsweise nichts mitbringen."

„Nicht einmal ein kleines Fläschchen französisches Rosenblattparfum?", fragte Laura leise.

„Nein, ich werde der Versuchung tapfer widerstehen", sagte Frank lächelnd zu seiner Tochter.

„Na endlich", seufzte Gloria, „der Vater meiner Kinder beginnt langsam vernünftig zu werden."

Frank sagte seiner Familie nicht, dass das tatsächliche Ziel seiner Reise Marseille war. Gleich nach dem Mittagessen wollte Frank mit dem Ferrari auf den Golfplatz fahren. Es war ein herrlicher Nachmittag, und der sollte so angenehm wie möglich verbracht werden. Sein Plan sah so aus: Zuerst ein nettes Golfspiel auf der gepflegten Anlage, dann einige entspannende Längen im clubeigenen Swimmingpool mit einem kühlen Bier als Abschluss. Von der Terrasse des Clubhauses aus hatte man einen so herrlichen Blick über den nahe gelegenen See, und die Sonnenuntergänge waren jedes Mal ein beeindruckendes Schauspiel. Frank liebte es, auf so angenehme Art und Weise den Tag zu beschließen.

Da in zwei Tagen Mathematikschularbeit war, zog es Martin vor, seinen Vater nicht auf den Golfplatz zu begleiten und sich stattdessen gemeinsam mit seinem Freund Hannes einen Lernnachmittag zu geben.

Laura machte sich nichts aus Golf. Sie beschäftigte sich lieber mit ihren beiden Pferden. Die Tiere waren in einem Stall untergebracht, der sich gleich hinter dem Haus befand. Gloria hatte einige dringende Einkäufe zu erledigen, so blieb Frank nichts anderes übrig, als diesmal alleine auf den Golfplatz zu fahren. Natürlich hätte er seinen Sohn gerne überredet, doch noch mitzukommen, aber das war eben wegen dieser Mathematikschularbeit heute nicht möglich.

So rief er noch rasch zwei seiner Freunde an, um sie zum Golfspiel einzuladen. Sowohl Chris als auch Tim hatten Zeit, und sie verabredeten sich in einer Stunde beim ersten Abschlag.

Trotzdem, so ganz ohne Frau und Kinder wollte Frank Monograta den Tag nicht ausklingen lassen, noch dazu, wo er morgen nach Frankreich fliegen würde. Er war eben ein Familienmensch und stolz darauf.

Gloria hatte da eine gute Idee. Sie schlug vor, gemeinsam am späteren Abend noch eine Stunde Squash zu spielen. Martin erledigte die Organisation und reservierte telefonisch die Squash-Box für 21 Uhr. Diese sportliche Aktivität würde für Vater und Mutter wieder verdammt anstrengend werden, denn die Kids waren kaum zu schlagen.

„Heute schaffe ich es, euch in Grund und Boden zu spielen", scherzte Frank, „denn Martin wird vom Strebern für die Schularbeit total erschöpft sein, und Laura wird so nach Pferd riechen, dass die Bälle um sie einen weiten Bogen machen."

Die Rückantwort von Martin kam sofort: „Dad, gegen dich gewinne ich mit einem Holzfuß und verbundenen Augen!"

Laura machte eine verächtliche Handbewegung und meinte kurz: „Für mich ist es überhaupt eine Zumutung, dass ich gegen Senioren spielen muss. Mein Sieg steht ohnehin schon fest."

„Na, wir werden ja sehen. Ich freue mich auf den Abend mit euch", sagte Frank und verließ grinsend das Haus. Er ging in die Garage und startete seinen Ferrari. Er war jedes Mal aufs Neue vom rauen Sound des Motors und dem Brüllen der kraftvollen Maschine begeistert. Langsam rollte der rote Wagen den Kiesweg hinunter, und lautlos öffnete sich nach der Betätigung der Fernbedienung das große Tor.

Innerhalb weniger Minuten war Frank aus der Stadt und auf der Autobahn. Er trat das Gaspedal durch und gab dem Ferrari die Sporen. Der graue Kleinwagen hatte größte Mühe, den roten Flitzer nicht aus den Augen zu verlieren.

7. Das belauschte Gespräch

Die Löwen hatten Zeit. Irgendwie wussten sie, dass ihnen die Beute nicht mehr entgehen würde. Sie brauchten nur noch ein wenig zu warten, dann würde ihnen das Warzenschwein völlig problemlos serviert werden.

Mbulu und sein Freund stolperten vorwärts. Die jungen Jäger begannen in ihrer Verzweiflung zu beten. „Ngai, hilf mir", murmelte Mbulu immer wieder. Ngai, so nannten sie den allmächtigen Gott. Nur er konnte ihnen noch helfen.

Langsam überzog die Dämmerung wie ein dunkler Schleier die Steppe, und Mbulu wurde erschreckend klar, dass sie verloren hatten. Es war unmöglich, das Dorf mit dieser schweren Last noch vor Einbruch der Dunkelheit zu erreichen. Wollten Gnaguru und er nicht selbst in Gefahr geraten, in Kürze von den Löwen angefallen zu werden, mussten sie ihre Beute zurücklassen. All die Mühe dieses anstrengenden Tages war vergeblich gewesen.

Mbulu rannen die Tränen der Verzweiflung über die staubigen Wangen. Noch einige Zeit lang wollte und konnte er sich die Niederlage nicht eingestehen. Die Buben hasteten weiter, ihre schwere Last auf den Schultern.

Hätten sie nur ein Bunduki, wie Gewehre in der Sprache der Einheimischen genannt wurden, dann hätten die Löwen keine Chance. Aber mit einer einzigen intakten Lanze und dem Blattschwert war gegen die Raubtiere nichts zu erreichen. Hinter seinem Rücken hörte Mbulu das schwere und keuchende Atmen von Gnaguru. Die beiden Buben konnten ihre Umgebung nur noch schemenhaft erkennen.

„Bleib stehen!", rief Mbulu.

Sein Freund gehorchte, und gemeinsam legten sie das Warzenschwein auf den Boden. Da gab es nicht mehr viel zu besprechen. Keiner der Buben schaute dem anderen ins Gesicht, zu groß war ihre Enttäuschung, vermischt mit Verzweiflung.

Hastig zogen sie den Schaft des abgebrochenen Speeres aus der Trageschlaufe und lösten den Strick von den Läufen des Warzenschweins.

Mbulu musste in den nächsten Tagen seine Waffe wieder reparieren, dazu brauchte er unbedingt auch die Speerspitze. Er schlug deshalb mit dem Blattschwert an jener Stelle, an der die Speerspitze in der Beute steckte, eine größere Öffnung und zog das Metall heraus.

Die Löwen mussten schon sehr nahe sein. Es war höchste Zeit, sich zu beeilen und die Stelle, an der das tote Warzenschwein lag, zu verlassen, wollten sie nicht selbst als Beute enden.

Mbulu und Gnanaguru liefen, so rasch sie konnten und so gut es in ihrer Erschöpfung überhaupt noch möglich war, in Richtung Kugula.

Das Dorf war noch etwa eine halbe Stunde Fußmarsch entfernt. Wenn sie sich beeilten, dann konnten sie es schaffen, bevor die Nacht völlig über das Land hereingebrochen war.

Nicht weit hinter sich hörten sie die Löwen brüllen. Die Raubkatzen hatten den Kadaver des Warzenschweins erreicht. Da wusste Mbulu, dass er richtig entschieden hatte, die Beute zurückzulassen.

Die beiden Buben atmeten erleichtert auf, als sie den ersten Feuerschein sahen. Sie hatten es geschafft.

Die Wege der jungen Jäger trennten sich, knapp bevor sie die Hütten erreicht hatten. Es gab keinen Grund, sich öffentlich und gemeinsam dem Versammlungsplatz in der Mitte des Dorfes zu nähern. Sie hatten es nicht geschafft, die Beute ins Dorf zu bringen. Da war es besser, sich möglichst still und heimlich in ihre Behausungen zu verkriechen.

Gnanaguru ging auf die Hütte seiner Familie zu und war kurz danach in der Dunkelheit verschwunden.

Mbulu fühlte sich mit einem Mal verlassen und spürte plötzlich entsetzlichen Durst. Sein ausgelaugter Körper tat ihm weh, seine Beine zitterten von der Anstrengung des Tages. Er hatte auch heute den ganzen Tag nichts gegessen und nur einige Wurzelknollen gekaut, aber an dieses ständige Hungergefühl hatte er sich im Laufe der vergangenen Jahre schon gewöhnt.

Mbulu blieb kurz stehen, um nach seiner Wasserfasche zu greifen.

Langsam nahm er den Holzstoppel heraus und trank gierig ein wenig der warmen abgestandenen Flüssigkeit aus der alten Cola-Flasche.

Da hörte er Stimmengemurmel.

Baba und Babu saßen noch vor der Hütte und sprachen sehr laut. Ihre Stimmen klangen aufgeregt. Als der Bub langsam näher kam, hörte er Worte, die ihn erstarren ließen.

„Mbulu soll kein Soldat bei den Freiheitskämpfern werden."

Diese Worte hatte Baba, sein Vater, gesagt, der dann langsam und fast beschwörend weitersprach.

„Ich weiß, dass Tapferkeit für einen Njama" – so nannten sie Krieger und Helden – „wichtig ist, und ich weiß, dass Mbulu klug und ganz besonders tapfer ist. Ich möchte nicht, dass meinem Sohn das Gleiche zustößt wie so vielen jungen Männern in diesem Land. Mbulu soll auch nicht so enden wie sein Vater. Sieh mich nur an, Babu. Ich bin nichts anderes mehr als ein nutzloses lebendes Stück Fleisch. Ich kann nicht mehr auf die Jagd gehen, ich kann nichts zum Lebensunterhalt meiner Familie beitragen, ich kann nichts mehr tun, obwohl ich so dringend gebraucht werde." Aus der Stimme des Vaters klang tiefe Verzweiflung.

„So sollst du nicht sprechen!" Obwohl der Großvater plötzlich leise redete, konnte Mbulu die beruhigende und gütige Stimme von Babu noch immer gut verstehen. Mbulu war klar, dass die beiden Männer ihr Gespräch sofort abbrechen würden, wenn sie ihn erblickten. Deshalb hockte sich der Bub vorsichtig auf den sandigen Boden, nur wenige Meter von jener Bank entfernt, auf der sein Vater und Großvater saßen. Mbulu konnte in der Dunkelheit nicht gesehen werden. Vielleicht ergab sich jetzt die Gelegenheit, um endlich zu erfahren, warum sein Vater tatsächlich bei den Kämpfen als Soldat so verstümmelt worden war.

„Was hast du heute am Morgen dem Askari über Mbulu erzählt?", wollte der Großvater wissen. Mit dem Begriff Askari bezeichneten sie Uniformierte, egal ob es Soldaten oder Rebellen waren.

„Ich habe ihm die Wahrheit gesagt. Ich habe ihm erzählt, dass Mbulu auf der Jagd ist und erst sehr spät am Abend zurückkehren wird", antwortete der Vater.

„Werden die Askaris morgen wiederkommen?"

Der Vater seufzte und fuhr fort: „Ja, sie werden wiederkehren, und sie werden verlangen, dass alle jungen Männer mitkommen. Alle jungen Männer sollen Freiheitskämpfer werden und dazu in das große Rebellen-Ausbildungslager gebracht werden. Morgen in der Früh kommen sie mit dem Lastauto, um die Buben aus dem Dorf abzuholen. Ich werde es meinem Sohn verbieten, mit den Freiheitskämpfern fortzuziehen. Mbulu muss bei seiner Familie bleiben."

„Warum willst du nicht, dass aus deinem Sohn ein tapferer Krieger wird, der unserer Familie Ehre bereitet? Warum willst du Mbulu in Schande stürzen? Warum soll Mbulu in unserem Dorf bleiben, während die anderen jungen Männer und auch sein Freund Gnanaguru mit den Rebellen fortziehen dürfen?" Die Fragen des Großvaters waren in rascher Folge gestellt worden. Babu schien auf Baba wütend zu sein.

Mbulus Vater reagierte darauf aber erstaunlich ruhig. Geradezu beschwörend sprach er weiter: „Du als mein Vater, der du so viele Jahre länger als ich auf dieser Welt lebst und so viel mehr Erfahrungen hast als ich, gerade du müsstest wissen, dass man durch Tapferkeit und mit dem Gewehr keine Probleme löst. Ich habe gesehen, wie ganze Dörfer in Brand gesteckt wurden, ich habe Folterungen miterlebt, ich habe erfahren, dass die Freiheitskämpfer nicht die Freiheit gebracht haben, sondern Tod und Verzweiflung. Mbulu soll so etwas nie tun müssen. Gerade weil er so klug und so tapfer ist, soll er nicht zu den Kämpfern. Mbulu darf sein Leben nicht achtlos wegwerfen."

„Warum hast du deinem Sohn und deiner Familie nie erzählt, was mit dir im Krieg geschehen ist, warum dir der Arm und ein Teil des Beines fehlt?"

Jetzt hatte der Großvater die entscheidende Frage ausgesprochen, die Mbulu schon seit der Rückkehr von Baba beantwortet haben wollte. Jetzt war der Augenblick der Wahrheit gekommen.

„Ich war ungeschickt und habe dadurch den Tod über viele andere Menschen gebracht."

Dann begann Mbulus Vater zu erzählen.

Er berichtete, wie er beim Versuch, Kun Suru-Vivu aus dem Camp der Regierungssoldaten zu befreien, auf die in der Erde vergrabene Mine getreten war. Die Explosion hatte ihm den Unterschenkel abgerissen. Als er zu Boden stürzte, hielt er die gerade entschärfte Handgranate, die von den Soldaten Bombom genannt wurde, verkrampft fest.

Sie detonierte in seiner Hand, und die Wucht der Explosion riss seinen ganzen Unterarm weg.

Die Explosion hatte natürlich den Angriff der Freiheitskämpfer verraten, und als die großen Scheinwerfer im Soldatencamp eingeschaltet wurden, waren die Kameraden von Mbulus Vater deutlich zu sehen gewesen. Mehrere Salven von Maschinengewehren aus dem Camp beendeten den Befreiungsversuch, noch ehe er überhaupt begonnen hatte.

Mbulus Baba überlebte nur durch ein gütiges Schicksal, alle anderen Rebellen wurden getötet.

Als das Feuergefecht vorbei war, kamen zufällig zwei Kleinbusse einer internationalen Hilfsorganisation vorbei. Die Sanitäter fanden den schwer verletzten Baba, den die Soldaten für tot gehalten hatten. Er wurde in einem der Fahrzeuge zur Missionsstation gebracht. Dort versorgte man seine Wunden und pflegte ihn so lange, bis er in das Dorf Kugula zurückgebracht werden konnte.

Nun war Mbulu klar, weshalb sein Vater niemals über die Ereignisse gesprochen hatte, die zu den Verstümmelungen geführt hatten. Baba machte sich Vorwürfe. Er empfand es als Schande, dass er auf die Tretmine gestiegen war, denn diese Explosion hatte den Angriff verraten. Baba fühlte sich schuldig, dass durch seine Ungeschicklichkeit seine Kameraden vorzeitig entdeckt worden waren. Gegen die Salven aus den Maschinengewehren hatten die Freiheitskämpfer keine Chance gehabt.

Weder Mbulu noch sein Vater wussten, dass sowohl die Tretmine der Soldaten als auch die Handgranaten, die von den Rebellen benutzt wurden, von demselben Lieferanten aus Europa gekommen waren.

Frank Monograta verkaufte an beide Seiten. Sowohl den Regierungstruppen als auch den Freiheitskämpfern lieferte er Anti-Personen-Minen und Handgranaten.

Einige Zeit lang saßen Babu und Baba schweigend vor der Hütte. Mbulu durfte sich nicht bewegen, wollte er nicht Gefahr laufen, entdeckt zu werden.

„Wie willst du es deinem Sohn verständlich machen, warum du ihn nicht mit den Soldaten fortziehen lässt? Wie willst du ihm erklären, warum er nicht tapfer sein darf, warum er im Dorf als Feigling gelten muss?", fragte nach einiger Zeit der Großvater.

„Ich weiß es nicht", seufzte der Vater. „Es wird sehr schwierig für mich. Ich hoffe, dass mich mein Sohn versteht."

Mbulu hatte schon verstanden und genug gehört. Leise schlich er sich in der Dunkelheit zurück in die Wildnis.

Dieses Problem war ganz einfach zu lösen. Er würde morgen in der Früh nicht im Dorf sein, wenn die Freiheitskämpfer kamen. Damit ersparte er seinem Vater viele Probleme. Außerdem wollte Mbulu von sich aus nicht zu den Kämpfern.

8. Die Erpressung

Frank Monograta hatte das Dach des Ferrari geöffnet und genoss den frischen Wind, der ihm die Haare zerzauste. Er wählte eine CD, die seiner momentanen Stimmung entsprach, und stieg noch fester aufs Gaspedal. Für den grauen Kleinwagen wurde es immer schwieriger, dem Ferrari auf der Autobahn zu folgen.

Als Frank den Golfplatz erreicht hatte, parkte er seinen Sportwagen unter einem schattigen Baum. Er nahm für alle Fälle sein Handy mit und ging in die Umkleidekabine. Erst vor wenigen Tagen hatte er sich aus London neue Golf-Bekleidung mitgenommen, die seine Freunde sicherlich beeindrucken würde.

Nachdem er sich umgezogen hatte, holte er seine Golfschläger aus dem Caddyraum und schlenderte zum ersten Tee, wie man den Abschlagsbereich nennt.

Chris und Tim warteten dort bereits auf ihn.

Es wurde eine sehr angenehme Runde. Frank spielte zwar nicht besonders gut und versenkte beim dritten Fairway drei Bälle im Teich, aber das konnte seine Laune nicht wesentlich trüben. Er hatte ja ohnehin nur vor, einen entspannenden Nachmittag zu verbringen, und wollte kein Turnier gewinnen. Chris erzählte ihm auf der Runde von seinem neuen Bentley, den er sich gerade gekauft hatte, und die Details über den Wagen interessierten Frank heute mehr als das Spiel. Insgeheim überlegte er sich, ob er sich nicht auch einen solchen Bentley anschaffen sollte. Das Auto war weniger protzig als ein Rolls-Royce und würde vom Stil her gut zu seinem neuen Domizil in London passen. Na ja, er würde ja sehen.

Anschließend gingen die Freunde noch kurz in den Swimmingpool, um sich abzukühlen, und dann ließen sie den Abend bei einem gepflegten Bier auf der Terrasse des Clubhauses ausklingen. Der Sonnenuntergang war bezaubernd.

„Ich muss jetzt gehen", sagte Frank zu seinen Freunden, „denn morgen hab ich einen anstrengenden Tag vor mir, und heute möchte ich noch mit Gloria und den Kindern eine Stunde Squash spielen."

Er verabschiedete sich von seinen Golfpartnern und ging zu seinem geparkten Ferrari. Es war schon fast dunkel, als er sich in den Wagen setzte.

Er startete den Wagen und wollte wegfahren. Als seine Hand nach dem Schaltknüppel suchte, griff er voll in einen Kaktus. Es tat höllisch weh, als sich die kleinen Stacheln in die Finger und die Handfläche bohrten.

Völlig verstört stellte Frank den Motor ab und schaltete die Innenbeleuchtung ein.

Irgendjemand hatte während seiner Abwesenheit den Griff des Schaltknüppels abgeschraubt und statt dessen den Kugelkaktus daraufgesteckt. Auf dem Armaturenbrett des Ferrari war ein Briefkuvert mit Klebeband befestigt.

Frank war wütend und riss den Brief herunter.

„Au, verdammter Kaktus", schimpfte er, als er dabei die Stachelspitzen in den Fingern seiner rechten Hand spürte. Jede noch so kleine Bewegung der Finger tat ihm weh.

Das Kuvert war zugeklebt, und Frank riss es ungeduldig mit der linken Hand auf. Es fiel ein Polaroidfoto heraus, das Laura und Martin zeigte.

Der Brief war relativ kurz. Er lautete:

Sehr geehrter Herr Monograta!
Wir hoffen, Sie hatten ein angenehmes Spiel.
Ihre beiden Kinder sind uns sehr nahe.
Selbstverständlich sind Laura und Martin
gegenwärtig noch nicht in Gefahr,
aber dieser Zustand kann sich leicht ändern.
Dies wollen Sie sicher nicht.
Um die Sicherheit Ihrer Kinder auch weiterhin
garantieren zu können, müssen wir Sie aber dringend ersuchen,
mit uns sofort ein Gespräch zu führen –

noch bevor Sie Ihre Geschäftsreise nach Marseille antreten.
Fahren Sie deshalb bitte auf Ihrem Heimweg
zum ersten Autobahnparkplatz.
Wir erwarten Sie dort in einem grauen Kleinwagen.
Mit freundlichen Grüßen
Ihre künftigen Geschäftspartner.

Die Unterschrift war unleserlich.

Frank Monograta wusste instinktiv, dass seine Familie und er in großer Gefahr waren. Er hatte zwar keine Ahnung, wer ihm diesen Brief geschrieben hatte, aber das würde er ja bald herausfinden.

Vorsichtig versuchte er die kleinen Kaktusstacheln mit seinen Zähnen aus den Fingern zu ziehen, aber das Vorhaben gelang nur zum Teil. Die Hand tat ihm höllisch weh. Vorsichtig löste er mit einem Taschentuch den Kaktus vom Schaltknüppel und warf ihn aus dem Fenster. Dann startete er den Ferrari.

Der Parkplatz war nur spärlich beleuchtet, und lediglich zwei Fahrzeuge standen auf der Abstellfläche. Ein Lkw parkte weiter vorne, und sein Fahrer schlief offensichtlich im Führerhaus. Gleich am Anfang der Abstellfläche stand das graue Auto. Frank stellte seinen Ferrari hinter dem Kleinwagen ab. Den Motor ließ er laufen. Er blieb sitzen, um sich die ganze ungewöhnliche Situation erst einmal anzusehen.

Da öffneten sich auch schon die Türen des Kleinwagens vor ihm, und zwei Männer stiegen aus. Sie kamen langsam auf Frank Monograta zu. Ihre Gesichter waren nur schemenhaft zu erkennen.

„Es tut uns Leid, dass wir Ihnen Unannehmlichkeiten machen", sagte einer von ihnen betont freundlich. Die Sprache des Mannes hatte einen ungewöhnlichen Akzent, und Frank nahm an, dass es sich um Russen handelte. Er begriff, dass er sich in tödlicher Gefahr befand.

Der Mann sprach weiter: „Wir bitten Sie, uns zu folgen. Wir bringen Sie jetzt zu einem Ort, wo unser Gespräch in einer viel angenehmeren Atmosphäre weiter fortgesetzt werden kann."

Ohne die Antwort von Frank abzuwarten, drehten sich die Männer um und gingen zurück zu ihrem grauen Auto. Sie starteten den Wagen und fuhren auf die Autobahn. Frank folgte ihnen.

9. Das Massaker

Mbulu war verzweifelt und den Tränen nahe. Er rannte ein Stück in die Savanne, bis ihm bewusst wurde, dass er damit den Löwen und Hyänen direkt in die Arme laufen würde.

Nein, das war keine Lösung, er musste die Nacht in der Nähe des Dorfes verbringen. Die Gefahr, von den Raubtieren angefallen zu werden, war einfach zu groß.

Deshalb ging er wieder den Weg zurück und versteckte sich in der Nähe der Hütte beim Gechego, wie der frühere Ziegenpferch genannt wurde. In Kugula gab es inzwischen aber keine Ziegen mehr.

Die Kälte der Nacht war aber im Freien nicht auszuhalten, und Mbulu begann am ganzen Körper zu zittern. Er entschloss sich, doch in die Hütte seiner Familie zurückzukehren und die Nacht auf seinem Lehmbett zu verbringen, gewärmt vom Feuer. Dieser Tag hatte ihn zu sehr erschöpft. Außerdem musste er unbedingt bald etwas essen, denn er spürte wieder diese ihm so bekannten Schwindelanfälle, die er immer hatte, wenn der Hunger zu groß geworden war. Mbulus Augen taten weh, und er musste sie lange ganz fest reiben, um den Schmerz einigermaßen wegzubekommen.

Der Platz vor der Wellblechhütte, auf dem sein Vater und Großvater gesessen waren, war leer.

Babu und Baba waren schon in der Hütte. Leise öffnete Mbulu die Tür. Im Inneren der Behausung war es angenehm warm, und Mbulu schlich vorsichtig zu seinem Liegeplatz. Er wollte niemanden aufwecken, aber es war ihm klar, dass die meisten seiner Familienmitglieder ohnehin noch nicht geschlafen hatten.

Alle hatten sie gehofft, dass Mbulu Beute nach Hause bringen würde. Alle hatten sie Hunger, der nun in diesem Moment der Verzweiflung – als Mbulu mit leeren Händen und einem abgebrochenen Speer zurückkam – sicher noch stärker spürbar war.

Mbulu wickelte sich in seine Decke und legte sich auf die Lehmbank.

Als sich seine Augen an die Dunkelheit gewöhnt hatten, sah er seinen Vater, der seinen Oberkörper aufrichtete.

Baba schaute in Mbulus Richtung und fragte seinen Sohn leise: „Shauri gani, Mbulu?" Das hieß: „Wie geht es dir, was ist los?"

Mbulu flüsterte zurück: „Ich habe den ganzen Tag ein Warzenschwein gejagt und es dann auch getötet. Doch es war zu schwer, und ich konnte es mit Gnanaguru nicht ins Dorf bringen. Die Beute haben sich die Löwen geholt. Es tut mir Leid, Vater."

„Mbulu, du bist ein tapferer Jäger. Ich bin stolz auf dich, mein Sohn, und ich bin stolz auf deine Klugheit."

Dann machte der Vater eine längere Pause.

Offenbar überlegte er, mit welchen Worten er Mbulu die Geschichte von den Freiheitskämpfern erzählen sollte, die morgen in das Dorf kommen würden, um junge Krieger – also Kinder – für den Kampf gegen die Regierungssoldaten zu holen. Baba holte tief Luft und sagte dann: „Mbulu, ich muss mit dir sprechen, es ist sehr wichtig."

Mbulu wollte seinem Vater die peinliche Situation ersparen. Das Gespräch war nicht notwendig. Er hatte schon seinen Plan.

Deshalb sagte Mbulu: „Ja, Baba, reden wir darüber. Aber ich bin von der Jagd so erschöpft, dass ich dich bitte, erst morgen in der Früh mit mir zu sprechen. Ich bin zu müde."

„Gut, Mbulu", antwortete Baba, „aber es muss sehr früh sein, denn wichtige Dinge werden sich morgen ereignen, und ich muss vorher mit dir reden."

„Ja, Vater", sagte Mbulu.

Der Bub versuchte ein wenig zu schlafen, aber es war nicht möglich. Immer wieder riss es Mbulu aus seinem Zustand, der ohnehin mehr ein Dösen war. Mbulu durfte trotz seiner Erschöpfung nicht in den Tiefschlaf fallen. Er musste das Dorf verlassen, wenn der neue Tag – nach traditionellem afrikanischem Zeitbegriff – anbrach.

Bevor die Zeitrechnung der Europäer in Afrika üblich wurde, gab es bei den Einheimischen in der Regel folgende Einteilung der Zeit: Jeder Tag dauerte genau 12 Stunden und begann um 6 Uhr in der Früh. Um

18 Uhr begann dann die Nacht, die ihrerseits ebenfalls exakt 12 Stunden, also bis 6 Uhr morgens, dauerte.

In Mbulus Familie war diese alte, überlieferte Zeiteinteilung nach wie vor üblich. Der Bub wollte vor dem Tagesbeginn, das heißt also vor 6 Uhr in der Früh, die Hütte verlassen. Da durfte er, trotz seiner Erschöpfung von der langen Jagd, nicht in den Tiefschlaf fallen, sonst hätte er diesen Zeitpunkt sicher verpasst und seinem Vater die Peinlichkeit des Gespräches nicht erspart.

Mbulu hatte einen sehr starken Willen, und es gelang ihm tatsächlich, sich noch vor 6 Uhr aus der Hütte zu schleichen. Seine Beine zitterten, und er fühlte sich sehr schwach.

Heute musste er unbedingt etwas Proviant mitnehmen. Mbulu nahm einen Topf aus der Wandnische, in der sich gewöhnlich immer etwas Posho befand. Das Maismehl war nur mehr in einigen kleinen Resten vorhanden, und Mbulu konnte lediglich etwa eine Hand voll Posho-Überbleibsel in seinen Behälter geben.

Die Familie hatte sonst keine Vorräte mehr, und es war dringendst notwendig, ein Wild zu erlegen, damit sie wieder zu Nyama, also Fleisch, kamen. Wenn es größere Beute gab, die nicht auf einmal gegessen werden konnte, dann war es möglich, geringe Vorräte anzulegen, indem sie die Fleischstücke zu an der Sonne gedörrtem Biltong, dem Trockenfleisch, verarbeiteten. Aber die Zeit, in der es noch Biltong im Dorf gegeben hatte, die war schon lange, lange vorbei.

Mbulus Plan für diesen Tag war, endlich ein Tier zu erlegen, um damit Essen für die Familie heranzuschaffen. Außerdem, wenn er den ganzen Tag über nicht im Dorf war, dann konnten ihn die Freiheitskämpfer auch nicht mitnehmen, und wenn er am Ende des Tages mit Beute heimkam, dann würde das jede Diskussion über seine Tapferkeit beenden.

Mbulu füllte die alte Coca-Cola-Flasche mit dem trüben Wasser aus einer Tonne. Dann nahm er seinen abgebrochenen Speer und die dazu gehörende Metallspitze, die er gestern aus dem Körper des getöteten Warzenschweins wieder herausgeholt hatte. In einiger Entfernung vom

Dorf wollte er die Lanze reparieren, da er sie ja für die Jagd dringend benötigte. Mbulu schlich sich aus der Hütte und war wenig später im Busch verschwunden.

Schon in den frühen Morgenstunden kamen die Rebellen dann tatsächlich ins Dorf.

Der Anführer hielt eine kurze Rede, die mit der Aussage endete, dass sich nur Feiglinge nicht den Freiheitskämpfern anschließen würden. Natürlich wollten sich die Jugendlichen und Kinder im Dorf nicht als Feiglinge bezeichnen lassen. Außerdem wurde ihnen versichert, dass Freiheitskämpfer und ihre Familien später einmal – wenn endlich der Sieg über die Soldaten des Diktators errungen war – immer genug zu essen haben würden.

Alle jungen Dorfbewohner, darunter auch Gnanaguru, wurden so faktisch gezwungen, auf die Ladefläche des Lastautos zu steigen. Viele dieser Kinder waren erst neun oder zehn Jahre alt.

Vor einigen Monaten erst hatten die Rebellen alle noch im Dorf vorhandenen Männer geholt, um sie in den Kampf zu schicken. Nun wurden die Kinder abtransportiert. Kugula war ab sofort ein Dorf, in dem nur mehr Frauen, ältere Männer und ganz kleine Kinder lebten. Die einzige Ausnahme war Mbulus Baba, aber der war als Krieger ja nicht mehr zu gebrauchen.

Als alle jungen Leute auf der Ladefläche standen, fuhr der Lkw davon, eine dichte Staubwolke hinter sich herziehend. Das Ziel dieser Fahrt war eines der Ausbildungslager der Rebellen im Landesinneren.

Die Soldaten des Diktators kamen nur etwa eine halbe Stunde später nach Kugula.

Kaum war die Staubwolke des Lastwagens der Rebellen hinter dem Horizont verschwunden, fuhren die Regierungssoldaten mit ihren Geländeautos in das Dorf. Auch sie wollten die jungen Männer von Kugula für ihre Truppen rekrutieren.

Auch sie hatten einen Lkw mitgebracht, dessen Ladefläche fast leer war. Mit dem Fahrzeug sollten die Kinder von Kugula abtransportiert werden.

Eines war dabei merkwürdig: Fünf gefesselte Rebellen – es handelte sich um Freiheitskämpfer, die man am Vortag gefangen genommen hatte – waren an die Rückwand des Armeelasters gekettet. Normalerweise gab es bei den Soldaten nie Gefangene. Erwischte Rebellen wurden immer sofort nach dem Verhör erschossen. Aber bald sollte klar sein, warum man diesmal die Rebellen mitgenommen hatte.

Sie waren wesentlicher Teil eines teuflischen Plans. Die Regierungssoldaten hatten sofort begriffen, dass es in Kugula niemanden mehr gab, der als Soldat von Nutzen gewesen wäre.

Die beiden Offiziere der Armee waren wütend und zwangen alle zurückgebliebenen Dorfbewohner, also Frauen und ältere Männer sowie die Kleinkinder, sich in der Mitte des Versammlungsplatzes aufzustellen. Mbulus Vater wurde – gestützt von Babu – ebenfalls zum Dorfplatz gebracht.

Als dies geschehen war, eröffneten die Soldaten mit ihren Maschinenpistolen ohne Vorwarnung das Feuer auf die wehrlosen Menschen, die blutüberströmt und schreiend zusammenbrachen.

Innerhalb weniger Augenblicke war das Massaker vorüber.

Die beiden Offiziere vergewisserten sich, dass alle Dorfbewohner tot waren, denn Zeugen konnte man nicht brauchen. Überlebende hätten den weiteren Plan zunichte gemacht.

Dass die Soldaten heute überhaupt nach Kugula gekommen waren, hatte folgende Ursache: Am Vortag war eine Gruppe von neun Freiheitskämpfern gefangen genommen worden. Beim brutalen Verhör hatten die Rebellen auch Geheimnisse verraten.

Sie berichteten unter anderem darüber, dass die Rebellen die Kinder des Dorfes Kugula für die Verstärkung ihrer Truppen dringend benötigten und zwangsrekrutieren wollten.

Aber auch die Regierungstruppen brauchten dringend Soldaten, und die wollten sie sich in Kugula holen. Nun stellte sich allerdings heraus, dass sie zu spät gekommen waren. Es gab keine Kinder mehr im Alter zwischen neun und elf, die man hätte mitnehmen können.

Es bestand somit kein Zweifel daran, dass die Dorfbewohner auf der

Seite der Rebellen standen und damit ganz klar gegen den Diktator waren.

Diese Einstellung war vom logischen Standpunkt aus auch völlig verständlich, denn die Region versank in Hunger und Armut, während sich Diktator Sinu Ubuchu gerade einen neuen Palast bauen ließ, überwacht von 1.600 Videokameras und bewacht von Elitesoldaten der Nationalgarde, uniformierten Staatspolizisten und zivilen Geheimdienstmännern.

Das neue Märchenschloss des Diktators wurde von einem drei Kilometer langen Zaun eingegrenzt. Sobald man diesen Zaun berührte, wurde Alarm ausgelöst. Die 1.600 Infrarot-Videokameras überwachten jeden noch so entlegenen Winkel des Grundstücks.

Der Palast des Diktators war übrigens auf keinem offiziellen Stadtplan eingezeichnet, und nur Personen mit einer Sondererlaubnis durften die Zufahrtsstraßen benützen. Das gigantische Vermögen von Sinu Ubuchu beruhte auf Erdöl.

Aber trotz des Reichtums an Bodenschätzen hatte das Land hohe Auslandsschulden, weil fast drei Viertel sämtlicher Staatseinnahmen der Diktator persönlich kassierte. Für die Bevölkerung blieb da nicht viel übrig.

Jeder Widerstand im Land wurde von den Regierungssoldaten brutal niedergeschlagen. Bisher hatte das auch ganz gut geklappt, denn die Soldaten wurden von Sinu Ubuchu außergewöhnlich gut bezahlt und damit bei Laune gehalten.

In letzter Zeit gab es allerdings immer öfter Probleme, da selbst die Soldaten der Regierungsarmee von der Brutalität des Diktators geschockt waren. Fast täglich wurden in der Hauptstadt mehrere Gegner Ubuchus öffentlich hingerichtet.

Die verschiedenen Gruppen der Freiheitskämpfer bekamen nun immer mehr internationale Unterstützung in ihrem Kampf gegen den Diktator. Diese Unterstützung waren einerseits geheime Geldspenden für den Waffenkauf und andererseits öffentliche Solidaritätserklärungen einiger Politiker im fernen Europa. Es gab natürlich mehr Solidaritätserklärungen als Geldspenden, weil Ersteres viel billiger kam.

Durch den Kauf weiterer Waffen war es den verschiedenen Rebellentrupps in den letzten Monaten tatsächlich gelungen, der Armee massive Verluste zuzufügen. Es gelang auch immer besser, große Teile der Bevölkerung über die Machenschaften des Diktators zu informieren.

Allerdings war die Unterstützung der Freiheitskämpfer nicht so massiv, dass die Regierungstruppen hätten ganz besiegt werden können. Es stimmte zwar, dass die Truppen des Diktators schwächer geworden waren und die Rebellen vereinzelt Gefechte gewannen, doch letztlich handelte es sich immer nur um Scharmützel, die viele Menschenleben forderten.

In der Realität änderte das jedoch kaum etwas an den Tatsachen und Machtverhältnissen. In der Realität verstärkten diese Kämpfe nur die Not der Menschen im Land.

Noch ein weiterer Punkt gab Anlass zur Sorge: Auch die Freiheitskämpfer waren untereinander zerstritten, und die Anführer der verschiedenen Splittergruppen wollten meist nur eines: selbst an die Macht kommen und selbst reich werden. Für die Bevölkerung hätte sich bei einem Machtwechsel wohl nicht viel geändert. Das war den Leuten mittlerweile klar geworden, und deshalb fiel es auch den Rebellen immer schwerer, Freiwillige für ihre Kampftruppen zu finden.

Daher waren auch die selbst ernannten Freiheitskämpfer dazu übergegangen, mehr und mehr Kinder aus den Dörfern zu holen, denn Kinder waren in vielen Einsatzbereichen die besseren Soldaten. Bei Kindern war es viel leichter als bei Erwachsenen, den Willen zu brechen und sie zu regelrechten Kampfmaschinen auszubilden.

Das wusste Diktator Sinu Ubuchu, und das wussten die Anführer der Rebellen.

Das Massaker in Kugulu war genau geplant gewesen und hatte folgenden Hintergrund: Die Regierungssoldaten des Diktators wollten einerseits ihre Truppen mit Soldaten verstärken – was in diesem Fall gründlich schief gelaufen war – und andererseits diesen für die Öltransporte benötigten Landstrich ohnehin von Menschen säubern.

Zumindest das zweite Vorhaben gelang in Kugula.

Für solche Säuberungsaktionen gab es einen hinterhältigen Plan, ausgeheckt von einigen Generälen des Diktators. Dabei konnte die Brutalität der Regierungssoldaten ins Gegenteil gedreht und gut als Propagandaaktion gegen die Rebellen benützt werden.

Dazu war alles vorbereitet.

Dazu hatte man die gefesselten Rebellen mitgenommen.

Die am Vortag gefangenen Freiheitskämpfer – alle Männer waren noch in ihren Rebellenuniformen – wurden vom Lastwagen getrieben.

Die Soldaten des Diktators erschossen sie genau an jener Stelle, von der aus sie selbst vor kurzer Zeit auf die Menschen von Kugula ihre MP-Salven abgefeuert hatten. Anschließend übergossen die Soldaten die Hütten des Dorfes mit Benzin und zündeten die Bauwerke an.

Dann wurde der nächste Teil des teuflischen Plans in die Tat umgesetzt: Einer der Offiziere schaltete eine TV-Kamera ein, die im Kommandowagen mitgebracht worden war, und nahm die Szene auf. Auch die ermordeten Dorfbewohner und die erschossenen Rebellen wurden genau gefilmt. Den Abschluss bildete eine Aufnahme der Regierungssoldaten, die mit – gut gespielter – fassungsloser Miene vor den toten Dorfbewohnern standen. Als diese Szenen abgedreht waren, verließen die Regierungssoldaten Kugula und fuhren zurück in die Hauptstadt.

Der Kommandant brachte den Film in die Nachrichtenzentrale der Regierung. Dort bearbeitete ein Presseoffizier das Bildmaterial und versah es mit einem Kommentar, der natürlich überhaupt nicht der Wahrheit entsprach. Anschließend wurden diese manipulierten Filmaufnahmen verschiedenen Fernsehstationen übermittelt. In vielen Redaktionen verwendeten die Journalisten dieses grauenvolle Bildmaterial, und ein Teil des Filmberichtes war dann in den Abendnachrichten einiger Länder zu sehen.

Die Menschen, die vor den TV-Geräten saßen, hörten in dem Bericht, dass die Jugend des Dorfes Kugula freiwillig und begeistert zur Armee von Präsident Sinu Ubuchu gegangen war. In ihrem Zorn darüber hätten die Rebellen dieses Blutbad als Vergeltung angerichtet. Die Soldaten der Armee hatten der Bevölkerung noch helfen wollen, waren aber leider zu spät gekommen. Einige Rebellen konnten jedoch kurz nach dem Massaker erschossen werden, was die Aufnahmen bewiesen. Mit diesem verlogenen Filmbericht beabsichtigte man, das Image der Rebellen auf internationaler Ebene zu ruinieren, ein Plan, der zum Teil gelang, weil außer einigen Soldaten niemand über die Wahrheit Bescheid wusste. So erfüllte der verlogene Filmbericht seinen Zweck und trug dazu bei, die Macht von Diktator Sinu Ubuchu wieder für einige Zeit zu sichern.

Die meisten Menschen, die den kurzen Film in den TV-Nachrichten sahen, waren zwar kurzfristig ein bisschen geschockt, hatten die Meldung aber bald darauf – spätestens bei der darauf folgenden Sportreportage – wieder vergessen. Es wurde da unten in Afrika so viel gekämpft, es gab dort so viele Flüchtlinge, man konnte sich doch nicht mit den Problemen dieser Leute ständig befassen.

Auch Gloria, Martin und Laura Monograta hatten den Filmbericht gesehen. Martin brachte seine Meinung auf den Punkt: „Da reden sie bei uns die ganze Zeit von Flüchtlingen und den Hungergebieten in Afrika. Das sind dort unten ja unzivilisierte Wilde, die sich abschlachten. Ich finde, wir sollten für solche Leute nichts spenden, wenn sie sich gegenseitig umbringen."

Gloria seufzte, gab ihrem Sohn unausgesprochen Recht und wechselte das Thema. „Möchte noch irgendjemand ein Stück Torte als Nachtisch? Wir müssen noch ein bisschen warten, ehe uns Vater zum Squash abholt."

Mbulu hatte im Busch zuerst seinen Speer repariert und dann einige Zeit lang nachgedacht, wie er heute zu Beute kommen könnte.

Es gab nur einen Weg. Er musste fast sein gesamtes spärliches Maismehl als Köder benutzen. Um seinen Plan zu verwirklichen, suchte er sich einen geeigneten Platz, den er bald gefunden hatte.

Dort streute er ein wenig Posho zwischen Wurzeln. Dann kletterte der Bub geschickt auf einen Baum und legte sich über dem Köder auf die Lauer.

Nach etwa vier Stunden hatte es Mbulu tatsächlich geschafft, zwei Ratten mit dem Speer zu erlegen. Stolz nahm er seine Beute und machte sich auf den Weg zurück nach Kugula. Heute würde es wenigstens eine warme Mahlzeit geben.

Als er am Nachmittag das Dorf erreichte, fand er nur noch Trümmer und die rauchenden Reste der zerstörten Hütten.

Auf dem Versammlungsplatz entdeckte er die vielen toten Menschen, darunter auch Babu und Baba, seine Mutter und seine Schwestern.

Was er nicht verstand, war die Tatsache, dass neben den Dorfbewohnern auch fünf erschossene Freiheitskämpfer im Staub lagen.

10. Ein gutes Geschäft

Der Ferrari folgte dem grauen Kleinwagen, und gemeinsam fuhren sie zu einem Luxushotel an den Stadtrand.
Frank parkte seinen Boliden und stellte den Motor ab.
Einer der Männer aus dem Kleinwagen kam zum Auto von Frank gelaufen und öffnete ihm höflich die Tür. Er lächelte ihn an und sagte mit seinem fremdländischen Akzent: „Darf ich Sie bitten, uns zu folgen." Ohne eine Antwort abzuwarten, ging er voraus und marschierte durch einen Seiteneingang in das Hotel. Als der Mann die Hotelhalle durchquerte, wurde er freundlich von einem der Angestellten gegrüßt. „Offenbar kennt man die Gangster hier", dachte sich Frank insgeheim.
Im Speisesaal folgte Frank zu einem Ecktisch, der mit Silberbesteck gedeckt war. Ein Sitzplatz war noch frei. Die restlichen Plätze wurden von drei sehr unauffällig, aber elegant gekleideten Herren besetzt.
Als sie Frank herankommen sahen, erhoben sich alle drei Männer von ihren Stühlen und lächelten freundlich. Jeder unbeteiligte Beobachter hätte geglaubt, dass sich hier gut befreundete Geschäftspartner zu einem Arbeitsessen trafen. Einer der Männer reichte Frank die Hand.
Der war durch den freundlichen Empfang so überrascht, dass er die Hand reflexartig seinem Gegenüber ebenfalls entgegenstreckte.
Nur Sekunden später verzog er jedoch schmerzverzerrt sein Gesicht. Die kleinen Kaktusstacheln, die sich noch in den Fingern befanden, schmerzten höllisch, als seine Hand fest gedrückt wurde.
„Oh, Verzeihung", sagte sein Gegenüber. „Einer meiner Männer war so ungezogen und hat diese kleine Pflanze in Ihrem herrlichen Wagen hinterlassen. Sie müssen sich unbedingt von diesen lästigen kleinen Stacheln in Ihrer Hand befreien. Wir wissen da einen guten Weg."
Er überreichte Frank einen ovalen schwarzen Lederbehälter, in dem sich eine kleine goldene Pinzette und eine Nadel befanden. Freundlich sprach der Mann weiter: „Dürfen wir Sie bitten, diese bescheidene goldene Pinzette als kleine Aufmerksamkeit zu behalten. Damit lassen sich

die lästigen Stacheln sofort und mit Stil entfernen. Auf der Innenseite des Behälters finden Sie übrigens alle Informationen, die Sie später hoffentlich für sich nützen werden."

Der Mann lächelte Frank noch immer an: „Bevor wir uns dem delikaten Abendessen widmen, darf ich uns noch kurz vorstellen. Mein Name ist Boris, der nette Herr zu meiner rechten Seite ist Iwan, und links von mir sehen Sie Leonid. Wir sind Ihre künftigen Geschäftspartner. Dürfen wir Sie höflichst ersuchen, sich zu uns an den Tisch zu setzen?"

Mit einer Handbewegung deutete Boris auf den noch freien Stuhl.

Frank setzte sich, und dann riss ihm der Geduldsfaden: „Ihr könnt euch dieses noble Getue an den Hut stecken. Ich nehme zur Kenntnis, dass ich von Gangstern erpresst werde. Nun möchte ich aber blitzartig wissen, was hier eigentlich gespielt wird?"

„Sie werden es sofort erfahren", sagte Boris mit besonders gütigem Tonfall. „Wir möchten mit Ihnen zusammenarbeiten, und deshalb haben wir Sie auch zu diesem Treffen, zugegeben auf etwas ungewöhnliche Weise, eingeladen. Dürfen wir Sie bitten, mit uns zu Abend zu essen? Die Fischgerichte sind in diesem Restaurant von besonderer Güte. Wenn Sie uns einen Tipp gestatten, dann würden wir Langusten empfehlen".

Frank war nun neugierig geworden. Für ihn bestand kein Zweifel daran, dass er es mit Vertretern der gefürchteten russischen Mafia zu tun hatte und er sich die Vorschläge der nicht besonders ehrenwerten Herren auf jeden Fall anhören musste. Weglaufen konnte er sowieso nicht, denn damit brachte er seine Kinder in Gefahr. Die Russen ließen sicher nicht mit sich spaßen.

„Okay, ich nehme Langusten, und dazu trinken wir Champagner, wenn Sie die Rechnung bezahlen", sagte Frank und mimte dabei den lockeren, unbeeindruckten Kerl. Gar so locker fühlte er sich allerdings in Wirklichkeit nicht.

„Aber selbstverständlich sind Sie unser Gast, hochverehrter Herr Monograta", erwiderte Boris mit einem Lächeln.

Während der nächsten Minuten war Frank damit beschäftigt, die kleinen abgebrochenen Stacheln aus seinen Fingern herauszuholen. Manche der Stacheln musste er erst mit der Nadel in eine Position bringen, um das Kakteenstück mit der goldenen Pinzette fassen zu können. Als die schmerzhafte Prozedur beendet war, steckte er die Schatulle, die ja angeblich auch wichtige Informationen für ihn enthielt, mit desinteressierter Miene in die Tasche. Na gut, wenigstens das Kaktus-Problem war er endlich los.

Natürlich hätte Frank gerne gewusst, welche Informationen auf der Innenseite des ovalen Lederbehälters angebracht waren. Nur, diese Freude, da nachzuschauen, wollte er den Gangstern im Moment nicht machen. Er spielte weiter den coolen Typen.

Das Essen war tatsächlich ausgezeichnet, und die Tischnachbarn von Frank sprachen die ganze Zeit mit ihm lediglich über völlig belanglose Dinge wie das Wetter, Luxusautos oder die Qualität von Fischgerichten.

Als Iwan begann, über französische Weine zu philosophieren, platzte Frank der Kragen, und er stellte gleich direkt die entscheidende Frage: „So, nun haben wir lange genug gequatscht. Dürfte ich jetzt endlich wissen, warum ich heute Abend hier bin?"

„Selbstverständlich, Herr Monograta", erwiderte Boris. „Wir wissen über Ihre ausgezeichneten Geschäftsabschlüsse Bescheid und gratulieren zum Erfolg. Damit Sie diesen Handel mit den entzückenden Handgranaten und den faszinierenden Tretminen noch lange fortsetzen können, benötigen Sie unbedingt einen Schutz für Ihre Familie. Wir werden für eine lächerliche Summe dafür Sorge tragen, dass Ihnen, Ihrer Frau und natürlich Ihren reizenden Kindern nichts zustößt."

Na endlich, jetzt war die Katze aus dem Sack. Die russische Mafia hatte von seinen Geschäften Wind bekommen und wollte nun Schutzgeld von ihm erpressen. Frank wusste, dass mit den Männern nicht zu spaßen war. In seiner Branche kannte man sich aus bei solchen Dingen. Er war selbstverständlich darüber informiert, dass sich nach dem Zerfall der früheren Sowjetunion drei mächtige Mafiagruppen im Großraum Russland gebildet hatten: Die größte Organisation war die „Solnzevskaja", die ihr Milliardenvermögen vorwiegend mit so genannten Versicherungspolizzen, das heißt Schutzgelderpressungen, machte. Bei der zweiten bedeutenden Mafiagruppe handelte es sich um die „Georgier", die sich auf Schutzgelderpressung und Rauschgifthandel spezialisiert hatte. Eine dritte Organisation war bei der Polizei unter der Bezeichnung „Tschetschenen" aktenkundig. Es war klar, dass die drei eleganten Herren zu einer dieser drei Gruppen gehörten, zu welcher, spielte eigentlich keine Rolle und änderte nichts an der Tatsache der Erpressung.

„Wie viel?", fragte Frank und bemühte sich ganz entspannt dreinzuschauen. Er nippte an seinem Champagnerglas und blickte Boris, der hier offensichtlich der Chef war, direkt in die Augen.

„Sie irren sich, wir wollen Ihnen zuerst einmal Millionengewinne verschaffen", sagte Iwan lächelnd, „bevor wir an uns denken."

„Wie bitte?" Frank war jetzt völlig ratlos. Er saß hier mit Erpressern an einem Tisch, und statt Geld zu fordern, boten ihm die Kerle Millionen an. Da war etwas faul, da stimmte etwas nicht. Aber was?

Die Antwort kam sofort. „Wir haben ein ganz neues Produkt, das Ihnen sicherlich gefallen wird", erklärte Boris, „und Sie, Herr Monograta, sind ein ausgezeichneter Geschäftsmann, der über die notwendigen Verbindungen verfügt, dieses Produkt auch zu verkaufen."

Na klar, jetzt dämmerte es Frank, das sind „Georgier", und die wollen, dass ich auch in den Rauschgifthandel einsteige. „Nein", sagte er mit einer Stimme, die keinen Widerstand duldete und zeigte, dass er zu keiner Diskussion bereit war, „ich handle nicht mit Drogen."

„Aber wer spricht denn von Drogen?", beruhigte ihn Iwan. „Wir haben eine außergewöhnliche und begehrte Waffe anzubieten, die von vielen Generälen gewünscht wird, aber die es offiziell nirgends zu kaufen gibt."

Frank wurde interessiert und fragte: „Wovon sprechen Sie?"

„Von der lautlosen Laserwaffe, die Ihnen sicher bekannt ist, die Sie aber wahrscheinlich noch nie zu Gesicht bekommen haben", erklärte ihm Leonid, der sich mit einem Mal ebenfalls in das Gespräch einmischte.

Frank wusste tatsächlich einige Fakten über diesen Blend-Laser, der in seiner Grausamkeit unfassbar war. „Aber das Ding ist doch international geächtet und von der UNO verboten", warf Frank ein.

„Na und", entgegnete Boris, „Rauschgift ist zum Beispiel auch international verboten, und trotzdem kann man es überall kaufen. Das ist kein brauchbares Argument für uns."

Dann machte der Russe eine kurze Pause. Er blickte erwartungsvoll in die Runde, ehe er weitersprach. „Um es kurz zu machen: Wir haben diese verbotenen Waffen massenweise auf Lager, und Sie kennen die passenden Käufer für den Laser. Deshalb werden wir alle miteinander ein gutes Geschäft machen."

Jeder der drei Russen lächelte Frank an. Aber gerade diese gespielte Freundlichkeit machte die Kerle für ihn so bedrohlich.

Keine Armee der Welt hat bisher offiziell Blend-Laserwaffen im Einsatz. In ihrer Hinterhältigkeit und Grausamkeit sind sie ja tatsächlich ein Rückfall ins Mittelalter, allerdings einer mit höchster technischer Präzision. Vor allem in den USA und in China wurden bisher viele verschiedene Typen von Laserwaffen bis zur Produktionsreife entwickelt. Unhörbar und unsichtbar konnten Menschen mit diesen Dingern „in die Dunkelheit geschossen" werden, denn die vom Laserstrahl getroffenen Opfer blieben zwar am Leben, waren aber für den Rest ihres Lebens völlig blind. Selbst aus einem Kilometer Entfernung konnte ein solcher Laserstrahl mit 50 Zentimetern Streubreite innerhalb von Zehntelsekunden die Netzhaut der Augen völlig zerstören.

Vor gar nicht so langer Zeit, es musste gegen Ende 1995 gewesen sein, hatte es in Deutschland und Österreich eine Aktion mit dem Titel „STOP blindmachende Laserwaffen" gegeben. Über 100.000 Menschen unterstützten damals diese Kampagne, auch Gloria und Frank Monograta. Frank erinnerte sich noch genau, wie es gewesen war.

Er hatte mit Gloria – wie es jeden Sonntag Tradition war – den Gottesdienst besucht. Beim Ausgang waren sie dann von einigen engagierten Gläubigen ersucht worden, die Kampagne gegen diese perversen Laserwaffen mit ihrer Unterschrift zu unterstützen.

Gloria unterschrieb natürlich sofort. Er, Frank, hatte es anfangs nicht übers Herz gebracht zu unterzeichnen und mühsam nach Ausreden gesucht. Aber Gloria brachte da nicht viel Verständnis auf. Sie blitzte Frank mit ihren blauen Augen wutentbrannt an und sagte: „Als Vater und gutes Beispiel für deine Kinder musst du unterschreiben. Was gibt es da zu überlegen?" Sie zerrte Frank förmlich zur Unterschriftenliste. Ihm blieb nichts anderes übrig, als ebenfalls gegen diese Blendwaffe zu unterschreiben.

„Das Schicksal geht oft komische Wege", dachte sich Frank, „zuerst unterstütze ich mit meiner Unterschrift die Kampagne gegen Blendwaffen, dann soll ich die Dinger verkaufen und damit Millionen verdienen." Bei diesem Gedanken musste Frank lächeln, denn Millionengewinne waren immer ein Lächeln wert.

„Zum Glück", dachte sich Frank, „wissen Gloria und die Kinder nichts von meinen tatsächlichen Geschäften. Sie genießen den Luxus, der durch den angeblichen Verkauf medizinischer Geräte möglich ist, und sind glücklich. Hoffentlich bleiben sie es und finden niemals etwas über meine tatsächlichen Waffengeschäfte heraus."

„Unter diesem Gesichtspunkt betrachtet", überlegte Frank weiter, „wäre es wirklich egal, ob ich außer mit Landminen und Handgranaten auch mit diesen Super-Laserwaffen handle. Die Millionen sind so leicht zu verdienen."

Während die Nachspeise serviert wurde, ergab sich die günstige Gelegenheit, eine Detailfrage abzuklären, die Frank noch besonders interessierte. „Wie kommen Sie überhaupt zu diesen verbotenen Waffen?", wollte er von den drei Männern wissen.

„Oh, das war überhaupt nicht schwer", erklärte ihm Leonid, „dieser Blendlaser wurde nicht nur in den USA, sondern auch in China zur Serienreife entwickelt. In China werden Wissenschafter nach wie vor schlecht bezahlt, und einige mächtige Militärs wollten auch etwas dazuverdienen. So sind wir zu allen technischen Unterlagen und einigen Musterwaffen gekommen. Die Geräte dann nachbauen zu lassen, war sehr leicht. Jetzt sind die Lager voll, und wir können liefern. Außerdem ist das mit der internationalen Ächtung dieser Waffen nicht so schlimm. Bei der UNO-Konferenz in Wien hat man nur beschlossen, diese Waffen in den Armeen nicht einzusetzen, weil sie besonders grausam sind.

Aber es wurde kein Beschluss gefasst, der die Produktion und Lagerung dieser Kampfgeräte einschränkt. Wir werden also niemals Mangel an Nachschub haben und können liefern, was bestellt wird."

Frank besprach noch einige kleinere Details. Zum Abschluss musste nur noch geklärt werden, wie man miteinander in Kontakt treten konnte. Er nahm die kleine schwarze Schatulle mit der goldenen Pinzette heraus und öffnete sie. Tatsächlich, auf der mit Samt ausgeschlagenen Innenseite gab es in Goldbuchstaben einen Aufdruck, der angesichts der Kaktusstacheln äußerst sarkastisch wirkte:

Zur Entfernung unangenehmer Fremdkörper
mit freundlichen Grüßen
gewidmet von
Firma H. D. Wodaka
Import und Export von Waren aller Art

Dann waren in weiterer Folge noch alle Details wie Adresse, Telefon- und Faxnummern angegeben. Der Hauptsitz dieser Firma befand sich in „Little Odessa", dem Russenviertel in New York.

„Für unsere Gegner sind wir relativ große und manchmal leider tödliche Stachel", sagte Iwan mit breitem Grinsen, „während wir unsere Freunde nur einmal ganz am Anfang darauf aufmerksam machen, dass es im Leben viele Stachel gibt, die äußerst unangenehm sein können. Solche kleinen Stachel – wie zum Beispiel von Kakteen – lassen sich aber mit goldenen Pinzetten leicht entfernen. Bald sind die Schmerzen völlig vergessen. Übrig bleibt nur noch das Gold der Pinzette und die Gewissheit, dass kein tödlicher Stachel zu erwarten ist."

Frank verstand diesen Hinweis mit dem Zaunpfahl.

Er wusste, dass er mit diesen Männern geschäftlich zusammenarbeiten musste, aber es war ihm auch klar, dass jeder Versuch, die Zusammenarbeit zu beenden, nicht geduldet werden würde.

Inzwischen war es schon fast Mitternacht. Frank betrachtete das Gespräch als beendet und stand auf. Er wollte sich verabschieden.

„Einen Moment noch, Herr Monograta", sagte Boris und hielt ihn am Ärmel des Sakkos fest, „da wäre noch eine Kleinigkeit. Sie brauchen ja, wie wir am Anfang erwähnt haben, unbedingt den Schutz unserer mächtigen Organisation. Wir waren so freundlich und haben Ihnen nun Zugang zu einer Ware verschafft, die auch Ihnen Millionengewinne bringen wird. Für Ihren Schutz und natürlich den Schutz Ihrer lieben Familie verlangen wir ab sofort nun auch 20 Prozent vom Gewinn, den sie bei Ihrem Handel mit den Landminen und Handgranaten erzielen. Für Sie ist es unter dem Strich trotzdem ein gutes Geschäft, denn durch den Verkauf der Laserwaffe wird bei Ihnen wesentlich mehr Geld in die Kassa fließen als bisher."

Frank blieb nichts anderes übrig, als knirschend dem Vorschlag zuzustimmen. Er hatte auch gar keine andere Wahl, wollte er am Leben bleiben und die Gesundheit seiner Familie nicht gefährden.

Als Frank das Hotel verließ, fiel ihm plötzlich ein, dass er auf einen anderen Termin völlig vergessen hatte. Das Squashspiel mit seiner Frau und den Kindern war beschlossene Sache gewesen und von ihm nicht abgesagt worden.

Es wäre nur eine Kleinigkeit gewesen, Gloria und die Kids mit dem Handy anzurufen, um ihnen mitzuteilen, dass er durch einen dringenden geschäftlichen Termin verhindert war. Aber er hatte während der letzten Stunden im Trubel der außergewöhnlichen Ereignisse verständlicherweise nicht mehr an Squash gedacht.

Nur, warum er vergessen hatte und was wirklich los gewesen war, das konnte er zu Hause nicht sagen. Na toll, da würde es jetzt auch noch daheim Stunk geben, denn Gloria war sicher noch wach und wartete auf ihn.

11. Tod den Freiheitskämpfern

Mbulu war einige Zeit lang völlig teilnahmslos neben den Toten auf dem Boden gehockt und hatte seinen Tränen freien Lauf gelassen.

Wie lange er in sich versunken und völlig verzweifelt dagesessen hatte, daran konnte er sich später nicht erinnern. Was um ihn herum geschah, nahm er nicht wahr.

Mbulu hockte noch immer auf dem Boden, als ihm plötzlich der Schreck in alle Glieder fuhr, denn direkt vor sich sah er in Augenhöhe zwei schwarze Soldatenstiefel.

Er hatte das Herankommen dieses Mannes gar nicht bemerkt.

Als er aufblickte, sah er einem Offizier ins Gesicht, der ihn mit strenger Mine musterte.

Es war ein Soldat der Regierungstruppen.

„Jetzt ist alles aus, jetzt bin ich verloren", war der erste Gedanke von Mbulu. In seiner Verzweiflung und im ersten Moment schien ihm diese Lösung gar nicht so schlecht. „Was ist schon dabei? Soll mich der Soldat doch erschießen! Meine Eltern, mein Großvater und meine Schwestern leben nicht mehr. Welchen Sinn hat es da für mich, weiter in dieser Welt zu bleiben?" Mbulu senkte den Kopf, um sein Schicksal zu erwarten. Aber nichts geschah.

Dann beugte sich der Offizier zum Buben herunter, packte ihn an der Schulter und rüttelte ihn. „Wie heißt du?", fragte er ihn.

„Mein Name ist Mbulu."

„Und woher kommst du?"

„Ich wohne in diesem Dorf."

„Wo warst du, als die Freiheitskämpfer die Dorfbewohner erschossen haben?", wollte der Offizier wissen. Er fragte ganz bewusst so, denn er musste sofort abklären, ob Mbulu das Massaker der Soldaten beobachtet hatte.

„Ich war auf der Jagd. Als ich zurückkam, waren alle tot", antwortete Mbulu leise.

Der Bub hatte sich nun wieder einigermaßen unter Kontrolle und sah um sich. Offenbar war er doch nicht in großer Gefahr, und niemand wollte ihn erschießen.

Die Regierungssoldaten waren zurückgekommen, um die Toten in einem Massengrab zu bestatten und die Reste der Hütten wegzuräumen. Sie hatten dazu auch einen schweren Bulldozer mitgebracht. Mbulu sah, wie mit der Maschine eine große Grube ausgehoben wurde. In diese Öffnung legte man dann die Toten, und der Bulldozer schüttete wieder Erde auf das Massengrab.

Anschließend begann der Bulldozer, die Hüttenreste niederzuwalzen. Die Trümmer wurden auf die Ladefläche eines Lastwagens gebaggert und wegtransportiert. Bald würde an dieser Stelle nichts mehr an das Dorf Kugula erinnern, ein Dorf, das ohnehin nie auf einer Landkarte verzeichnet gewesen war.

Mbulu hatte während der Arbeit des Bulldozers vom Offizier einen schattigen Platz bei einem der Geländewagen angeboten bekommen. Gleich darauf erhielt er eine Dose Cola und etwas Proviant. Mbulu verzehrte die Köstlichkeiten mit Heißhunger.

Nachdem er sich gestärkt hatte, ging es ihm wieder besser, und er fühlte, wie ein wenig Kraft in seinen Körper zurückkam, obwohl der Schmerz über den Verlust seiner gesamten Familie ihn beinahe zu erdrücken drohte.

Langsam fasste Mbulu Zutrauen zum Offizier. Er nahm seinen ganzen Mut zusammen und fragte ihn, was geschehen war.

Der Offizier begann mit seiner Lüge: „Heute am frühen Morgen waren Soldaten meiner Einheit im Dorf, und wir haben die Kinder als Soldaten für unsere Truppen geworben. Wir haben ihnen eine gute Ausbildung, gute Verpflegung und einen hohen Sold geboten. Die Freiheitskämpfer können ihren Soldaten ja keinen Sold und nur eine ganz schlechte Verpflegung geben. Da sind die jungen Burschen, die in diesem Dorf gewohnt haben, auf unser Lastauto gesprungen und mit uns weggefahren."

Der Offizier setzte seine Lüge fort:

„Wir waren noch nicht weit weg, als wir Schüsse hörten. Wir wendeten unsere Fahrzeuge und fuhren nach Kugula zurück. Die brutalen Rebellen hatten in ihrem Zorn, dass die jungen Männer mit den Regierungssoldaten weggefahren waren, alle Dorfbewohner auf dem Versammlungsplatz zusammengetrieben und erschossen. Als wir zurückkamen, wollten die Rebellen flüchten. Fünf von ihnen konnten wir noch kriegen."

„Das ist also die Erklärung, warum ich tote Rebellen im Dorf gefunden habe", sagte Mbulu. Das Wort „Freiheitskämpfer" wäre ihm nicht mehr über die Lippen gekommen.

„Du siehst", sagte der Offizier in weiterer Fortsetzung seiner Lüge, „dass man den Rebellen nicht trauen kann. Die haben nur ein Ziel: Sie wollen unseren Präsidenten stürzen, um selbst an die Macht zu gelangen. Den Rebellen geht es nicht, wie sie immer sagen, um die Freiheit für das Volk. Würden wir nicht dauernd gegen diese Banditen kämpfen müssen, würde es auch dem Volk viel besser gehen."

Mbulu verstand die Welt nicht mehr. Er wusste nur eines: dass er diese verdammten Rebellen, die seine Familie und die übrigen Dorfbewohner getötet hatten, aus tiefstem Herzen hasste.

„Wenn ich einen dieser Rebellen zu Gesicht bekomme, dann bringe ich ihn um", sagte Mbulu.

„Dazu könntest du bald Gelegenheit haben!", sagte der Offizier. „Wir müssen dich jetzt sowieso mitnehmen, denn hier kannst du ohnehin nicht bleiben. Du hast keine Eltern mehr, du würdest von den Raubtieren angegriffen werden, und du hast nichts zu essen. Du kannst es dir aussuchen, ob du von uns in eines dieser überfüllten Flüchtlingslager gebracht werden möchtest oder lieber Soldat bei der Armee sein willst."

Diese letzte Frage des Offiziers war natürlich nicht ehrlich gemeint, denn er hätte Mbulu auf jeden Fall in ein Ausbildungslager für Kindersoldaten gebracht.

Aber wenn der Bub scheinbar freiwillig seine Entscheidung traf, dann war er besser motiviert und ein guter Kämpfer in jenem Truppenteil, der intern „Small-Boys-Unit" – „Kleine-Buben-Einheit" – genannt wurde.

Für Mbulu war das keine Frage, die einer langen Überlegung bedurft hätte: „Ja, ich will Soldat werden", sagte er leise.

Der Offizier klopfte Mbulu auf die Schulter: „Eine gute Entscheidung! Als Soldat wirst du immer ausreichend zu essen haben, und es wird dir gut gehen. Du wirst allerdings in eine andere Garnison gebracht als deine Freunde vom Dorf."

Ehe Mbulu noch nachfragen konnte, warum er nicht in dieselbe Garnison kommen würde wie die anderen Dorfkinder, war der Offizier weggegangen.

Mbulu würde diese Frage später klären, wenn sie in der Garnison waren. Er lief zum Geländeauto und sprang auf die Ladefläche. Dann setzten die Soldaten ihre Fahrzeuge in Bewegung.

Sie fuhren weg aus Kugula, einem Dorf, das für immer ausgelöscht war. Schon in wenigen Tagen würde sich auch nicht mehr feststellen lassen, wo sich das Massengrab befand.

Auf das Blattschwert seines Großvaters, das von ihm bei seiner Rückkehr ins Dorf im Schock fallen gelassen worden war, hatte Mbulu völlig vergessen.

Nun lag das Blattschwert im Staub, und der Offizier sah die Waffe. Er hob das Schwert auf und legte es in die Fahrerkabine seines Geländeautos. „Touristen sind ganz verrückt nach solchen Sachen", dachte er sich, „und dieses Ding kann ich sicherlich gut verkaufen."

Als sich der Geländewagen in Bewegung setzte, sagte der Offizier zu seinem Fahrer: „Na, wenigstens einen Kinderkiller bringen wir aus dem verdammten Dorf zurück in die Garnison."

Nach etwa drei Stunden Fahrzeit erreichten sie das Militärcamp.

Der Geländewagen hatte auf der Piste voller Schlaglöcher Mbulu die ganze Zeit über durchgeschüttelt, und der Bub war immer wieder gegen die hölzerne Bordwand gekracht. Als sie endlich das Ziel erreichten, war sein Körper mit blauen Flecken übersät. Durch den Staub, der während der Fahrt aufgewirbelt worden war, sah Mbulu aus, als hätte er sich in braunem Mehl gebadet. Sein Gesicht war mit Staub verklebt, und er hatte entsetzlichen Durst. Die Augen taten ihm höllisch weh, und er musste sie lange mit dem Handrücken reiben, bis er schließlich klar sehen konnte.

Irgendetwas stimmte mit seinen Augen nicht, denn schon seit einiger Zeit hatte er immer wieder diese Schmerzen und konnte dann seine Umwelt nicht mehr klar erkennen. Aber momentan war Mbulu viel zu aufgeregt, um sich über seine Augen viele Gedanken zu machen.

In der Garnison bog der Geländewagen mit Mbulu nach links ab und fuhr in das mit Stacheldraht umzäunte Areal, in dem die Kindersoldaten untergebracht waren.

Diesen Teil der Garnison gab es offiziell überhaupt nicht, denn Kindersoldaten sind nach internationalem Recht verboten. Kein Vertreter der Regierung und kein General hätte es also zugegeben, dass diese minderjährigen Kämpfer überhaupt existierten.

Durch diese Geheimhaltung war auch sichergestellt, dass kaum jemand davon Notiz nehmen würde, wenn diese Kinderkämpfer bei den Gefechten ums Leben kamen.

Vor einer kleinen Hütte beim Eingang zu diesem Areal, das sie „Small-Boys-Unit-Area" nannten, stoppte der Wagen, und Mbulu wurde sofort in das Aufnahmezelt für Kindersoldaten gebracht. Mbulu verlor jenen Offizier, der ihn aus Kugula mitgenommen hatte, aus den Augen.

Mit der Freundlichkeit war es endgültig vorbei. Ein groß gewachsener schwarzer Soldat saß in der kleinen Hütte an einem Tisch und blickte Mbulu streng an. Er war einer jener Männer, mit denen man besser keinen Streit anfängt. Besonders auffällig an ihm waren zwei Merkmale: Eine große Narbe, die quer über seine Stirn verlief, und die gefühlskalten Augen. Der Mann trug die übliche olivgrüne Uniform der Regierungssoldaten und hatte ein Rangabzeichen mit drei Sternen auf der Schulter.

„Wie heißt du?", fragte ihn der Soldat ohne aufzublicken. Mbulu nannte seinen Namen, und der Unteroffizier schrieb ihn in das vor ihm auf dem Tisch liegende Formularblatt ein.

„Woher kommst du?" Mbulu gab wieder die gewünschte Auskunft, die ebenfalls auf dem Blatt notiert wurde.

Anschließend gab der Unteroffizier Mbulu zwei Wäschestücke.
„Zieh dich um!", forderte er ihn auf.

Mbulu zog ein olivenfarbenes T-Shirt und eine olivenfarbene Jogging-Hose an. Dann musste er zu einem offenen Kasten gehen und sich ein paar passende Turnschuhe aussuchen. Fertig war die Uniform des neuen Kindersoldaten.

Der Unteroffizier hatte ihm die ganze Zeit über gelangweilt zugesehen. Nun hob er den Kopf.

Die Stimme des Mannes bekam plötzlich einen drohenden Tonfall: „Du bist jetzt in der Welt der Armee, das faule Leben ist vorbei. Du bist hier, um unsere Feinde, die Rebellen, zu bekämpfen und die Regierung zu verteidigen. Wenn du dich als Soldat an der Front bewährst, dann kannst du in der Armee zu großem Ansehen gelangen und in diesem Land später viel erreichen. Doch bis es so weit ist, wird noch einige Zeit vergehen. Zuerst musst du ein guter Soldat sein. Ab morgen nimmst du am Training unserer glorreichen jungen Kämpfertruppe, die wir Kinderkiller nennen, teil. Ich bin dein Ausbildner." Der bullige Soldat stand auf und zeigte in Richtung Ausgang: „Geh jetzt in das Mannschaftszelt!"

Mbulus Mut war völlig in sich zusammengefallen, und er zitterte vor Erschöpfung am ganzen Körper. Besonders quälte ihn nach der langen Autofahrt und dem vielen Staub entsetzlicher Durst. Auch seine Augen schmerzten wieder, und Mbulu hätte sich so gerne den Staub aus dem Gesicht gewaschen.

Er wollte schon dem Befehl dieses Ausbildners Folge leisten und den Raum verlassen, doch dann entschloss er sich, trotzig vor dem Mann stehen zu bleiben und ihm direkt in die Augen zu blicken.

„Ist noch was?", fragte ihn der Ausbildner sichtlich überrascht.

„Ja, ich habe noch einen Wunsch", sagte Mbulu, „ich bitte um etwas Wasser, denn ich bin sehr durstig von der langen Fahrt, und ich möchte mir gerne das Gesicht waschen."

„Soldaten sind keine Weichlinge und müssen beim Kampf oft lange Zeit ohne Wasser auskommen. Du bist nun ein Soldat. Geh in das Zelt und warte. Morgen gibt es – vielleicht – Wasser für dich."

„Aber mir wurde doch versprochen, dass ich gut verpflegt werde, wenn ich als Soldat bei der Armee diene", entgegnete Mbulu.

„Wenn du noch ein Wort sagst, dann verbringst du gleich die erste Nacht im Kerker. Raus jetzt!"

Die letzten Worte hatte der Ausbildner gebrüllt, und Mbulu war klar, dass es zwecklos war, weiter mit dem Ausbildner zu reden. Sein Widerstand erlahmte, und er ging mit gesenktem Kopf in das Mannschaftszelt.

Seine abgetragene Kleidung ließ er in einem Müllkorb zurück, der beim Ausgang der kleinen Hütte aufgestellt war.

Mbulu war kein Zivilist mehr.

Er war zehn Jahre alt.

Er war Waise.

Er war Kindersoldat.

Er würde bald einer sein, den man Kinderkiller nannte.

Im stickigen Mannschaftszelt saßen schon mehr als vierzig Kinder – alle ungefähr in Mbulus Alter – zusammengepfercht auf dem Boden. Als der Bub eintrat, wurde er kurz gemustert, dann senkten die Anwesenden wieder teilnahmslos ihre Köpfe.

„Irgendetwas stimmt hier nicht", dachte sich Mbulu, als er sich in einer Ecke auf den Boden kauerte. Er versuchte krampfhaft, nicht an den quälenden Durst zu denken. Mbulu spürte, wie seine Lippen anschwollen und an einigen Stellen aufplatzten.

Neben ihm saß ein etwa gleichaltriger Junge. Einige Zeit lang sahen sich die Kinder in die Augen. Offenbar war auch sein Nachbar völlig erschöpft.

Mbulu musste unbedingt wissen, was hier eigentlich vorging: „Wie heißt du?", fragte er den Buben neben sich.

„Ich bin Zidam", sagte sein Nachbar mit leiser Stimme.

„Wie alt bist du?"

„Ich glaube, ich bin elf, so genau weiß ich es nicht", flüsterte sein Gegenüber.

„Warum redest du so leise?", wollte Mbulu wissen.

„Weil es verboten ist, im Zelt zu sprechen", sagte Zidam noch leiser. „Wer beim Gespräch erwischt wird, bekommt Schläge mit der Kiboko."

„Was ist eine Kiboko?", fragte Mbulu.

„Eine Peitsche aus Nilpferdhaut, die sehr wehtut", flüsterte Zidam.

Der Zeltstoff beim Eingang bewegte sich, und der bullige Ausbildner trat herein. Er blickte finster in die Runde, und nur einige der Kinder sahen ihn kurz an. Der Großteil der Anwesenden kannte offenbar die Prozedur und hielt apathisch die Augen gesenkt.

„Kinderkiller", brüllte der Mann in den stickigen Raum, „euer Präsident ist stolz auf euch. Eure Ausbildung ist hart und wird noch härter werden. Doch am Ende werdet ihr lachen, denn euch steht eine glanzvolle Zukunft in der Armee bevor. Alles, was wir tun müssen, ist, diese verdammten Rebellen zu besiegen. Die Rebellen stürzen unser Land in Unglück und Armut. Sie vernichten ganze Dörfer, sie bringen viele wehrlose Menschen um, weil sie brutal sind."

Dann machte der Sprecher eine kurze Pause und blickte in die Runde. Plötzlich schrie er: „Mbulu, steh auf!"

Panik erfasste den Buben. Offenbar war er beim Sprechen ertappt worden und würde jetzt Schläge mit der Nilpferdpeitsche, der Kiboko, bekommen. Einige Sekunden lang überlegte Mbulu, ob er überhaupt aufstehen sollte, aber ihm blieb keine andere Wahl, sie würden ihn sowieso ausfindig machen. Langsam erhob er sich.

„Seht ihn euch an", brüllte der Ausbildner weiter, „Mbulu ist der einzige Überlebende aus seinem Dorf. Die Rebellen haben alle Einwohner des Dorfes brutal ermordet, und Mbulu hat nur überlebt, weil er auf der Jagd war. Er ist gerne zu unserer Armee gekommen, denn er hat das wahre Gesicht der Rebellen kennen gelernt. Sag mir Mbulu, verdienen alle Rebellen den Tod?"

Schweigen im Mannschaftszelt. Die Spannung war fast unerträglich.

„Ja, alle Rebellen verdienen einen schrecklichen Tod", sagte Mbulu mit lauter Stimme, denn sein Hass auf diese Kämpfer wuchs von Stunde zu Stunde. Je schlechter es ihm selbst ging, desto größer wurde auch seine Wut auf die Rebellen.

„Ihr habt es gehört!", brüllte der Ausbilder.

„Tod den Rebellen! Ich möchte, dass ihr alle in den Chor mit mir einstimmt. Wir schreien unseren Wunsch hinaus in die Welt: Tod den Rebellen! Tod den Rebellen! Steht dazu auf, damit der Ruf noch kräftiger wird!"

Alle jungen Soldaten, die im Mannschaftszelt zusammengekauert auf dem Boden gesessen hatten, erhoben sich.

„Tod den Rebellen! Tod den Rebellen!", riefen sie alle.

„Lauter!", brüllte der Unteroffizier.

„Tod den Rebellen! Tod den Rebellen!", riefen die Kinder, so kräftig sie konnten.

„Sehr gut", sagte der Unteroffizier. „Morgen ist wieder ein harter Ausbildungstag. Schlaft jetzt! Und noch etwas", die Stimme wurde drohend, „vergesst nicht, in diesem Raum herrscht immer Sprechverbot!"

Dann verließ der Ausbilder das Mannschaftszelt, und alle Kinder kauerten sich wieder auf den Lehmboden. Keiner sprach ein Wort. Die Stille bedrückte alle, aber niemand wagte es, mit seinem Nachbarn flüsternd zu reden. Die Angst vor der Nilpferdpeitsche war zu groß.

Nach einiger Zeit hielt es Mbulu nicht mehr aus. Seine Neugier war größer als seine Furcht. Er stieß Zidam sanft an, und sein Nachbar, der offensichtlich in dieser kauernden Stellung schon gedöst hatte, blickte ihn an.

„Was ist hier eigentlich los?", flüsterte Mbulu.

„Wir müssen lernen, hart zu werden, um bei den Kämpfen gut zu sein. Schlaf jetzt, morgen ist ein anstrengender Tag", sagte Zidam und drehte sich weg. Er war offenbar nicht mehr bereit, sich weiter zu unterhalten.

Mbulu hätte so gerne noch alle weiteren Details über dieses geheime Ausbildungslager erfahren, aber das war heute wohl nicht mehr möglich. Er legte sich auf den harten Boden und versuchte zu schlafen.

Es gelang ihm aber lediglich, ein wenig einzunicken. Immer wieder riss es ihn, der von Albträumen und vom rasenden Durst gequält war, aus dem unruhigen Schlaf. Seine Augen taten ihm weh.

Nicht weit entfernt vom Mannschaftszelt saßen die beiden Ausbildner dieser Small-Boys-Unit an einem einfachen Holztisch und besprachen die weiteren Pläne. Der bullige Ausbildner sagte gerade zu seinem Kollegen: „Wir haben den Befehl, die Watotos", ein afrikanischer Begriff für die Kleinen, „in möglichst kurzer Zeit, also innerhalb weniger Tage, zu brauchbaren Soldaten zu machen. Unsere Aufgabe ist klar, sie sollen kämpfen lernen, ohne zu fragen. Sie müssen zu größter Brutalität bereit sein, denn nur dann können alle Rebellen in ihrem Camp vernichtet werden. Wie hat das unser General so treffend formuliert: Wir müssen nur den Willen dieser Kinder zerstören, ihren Körper aber am Leben lassen." Die Ausbildner lachten und öffneten die nächste Bierdose.

Mbulu kam fast um vor Durst.

12. Der vergessene Schlüssel

Frank Monograta hatte sich nicht getäuscht. Seine Frau war noch wach und saß im Wohnzimmer auf der Couch.

Als ihr Mann eintrat, legte sie das Buch, in dem sie gerade geblättert hatte, zur Seite und schaute Frank böse an. „Du bist wirklich ein toller Vater und Ehemann", schnaubte sie, „wir warten hier wie die Idioten. Es war vereinbart, dass wir alle zusammen am Abend Squash spielen, aber der Herr ist einfach nicht gekommen. Offenbar sind dir deine Freunde im Golfclub lieber als wir!"

„Es tut mir Leid, mein Schatz", murmelte Frank, „ich habe Geschäftspartner getroffen, und die haben mir ein äußerst viel versprechendes Angebot gemacht. Da habe ich in der Hektik total auf Squash vergessen."

„Du mit deinen dauernden Geschäften. Noch mehr Millionen auf dem Konto sind wirklich nicht mehr notwendig. Wir ertrinken im Luxus, und du willst immer noch mehr. Wir könnten es so schön haben, wir haben alles, was man sich nur wünschen kann, und wir sind – hoffentlich – alle gesund."

„Warum betonst du das Wort hoffentlich so besonders?", fragte Frank.

„Weil dein Sohn seit einiger Zeit unter entsetzlichen Kopfschmerzen leidet und mir dieser Dauerzustand schön langsam große Sorgen bereitet."

„Weshalb habe ich bisher nichts davon erfahren?", fragte Frank.

„Weil du immer mit deinen Geschäften befasst bist oder dich auf dem Golfplatz herumtreibst. Ich werde mit Martin in zwei Tagen zum Arzt gehen. Der Termin im Sanatorium ist mit Dr. Huber bereits vereinbart. Wenn du aus Paris zurückkehrst, weiß ich Bescheid."

„Vielleicht sind es nur Wachstumsstörungen, und das Kopfweh ist einfach eine Begleiterscheinung", sagte Frank.

„Hoffentlich", murmelte Gloria, „komm, lass uns zu Bett gehen."

„Ich kann noch nicht", sagte Frank, „ich muss ins Arbeitszimmer. Für Paris sind einige Papiere vorzubereiten, und ein Fax muss ich auf Grund der heutigen Besprechung auch noch wegschicken."

„Deine Arbeit bedeutet dir wohl mehr als das Familienleben", sagte Gloria leise. „Gute Nacht." Ihre Stimme hatte einen traurigen Tonfall. Sie ging ins Schlafzimmer, ohne Frank den üblichen Kuss zu geben.

Frank hatte noch ziemlich lange zu tun. Er schrieb einen Brief an seinen Geschäftspartner, in dem er ihn dringend ersuchte, sich mit ihm in Marseille zu treffen. In dem Brief erklärte er seinem Partner, der Peter Lester hieß, dass er einen neuen Super-Deal an Land gezogen hatte.

Er schloss den Brief mit folgenden Worten:

Der Blend-Laser wird uns gewaltige Gewinne verschaffen,
die eine Schutzgeldzahlung von 20 Prozent an die russische Mafia
bei weitem wieder gutmachen.
Mit freundlichen Grüßen
Dein Frank

Dann faxte er den Brief an seinen Partner.

Das Originalschreiben legte er in seine geheime Schreibtischlade, die mit einem verborgenen Druckknopf zu öffnen war. In dieser Lade befanden sich auch noch die bereits erwähnten Listen über frühere Waffenlieferungen, die niemand außer Frank und seinem Partner sehen durfte. Auch die Lieferliste, die heute bei der Besprechung am Vormittag im Hotel gemacht worden war, wurde sorgfältig im Geheimfach verstaut.

Weil er schon so müde und mit seinen Gedanken noch immer bei der russischen Mafia war, ließ Frank – was er bisher noch nie getan hatte – den Schlüssel zu jener Lade stecken, in der sich der Druckknopf für die Öffnung des Geheimfaches befand.

Noch wusste er nicht, dass diese Handlung der erste Schritt war, der sein Leben massiv verändern würde.

Frank schlich sich anschließend vorsichtig in das Schlafzimmer, kuschelte sich an Gloria und war sofort eingeschlafen. Ihn quälten keine

Albträume, und er konnte sich alles leisten, nur kein schlechtes Gewissen. Er hatte noch nach jedem Geschäftsabschluss hervorragend geschlafen und noch nie einen Gedanken daran verschwendet, was seine Lieferungen am Bestimmungsort eigentlich anrichteten.

Die Stimmung beim Frühstück konnte man beim besten Willen nicht als hervorragend bezeichnen. Bis auf Gloria waren alle anderen ausgesprochene Morgenmuffel. Dazu kam, dass die Kinder auf Frank böse waren, weil er mit ihnen gestern nicht Squash gespielt hatte.

Alle vier beschäftigten sich einige Zeit lang schweigend mit ihrem Müsli, und Frank war der Erste, der diese gespannte Atmosphäre nicht länger aushielt.

„Wie geht es deinem Kopfweh?", fragte er Martin.

„Ist okay", grummelte der Sohn.

„Was heißt das? Könntest du mir das bitte näher erklären?"

„Mir geht's nicht gut, Dad. Ich konnte in der Nacht nur wenig schlafen, weil ich große Schmerzen hatte, aber die sind jetzt fast weg."

„Wahrscheinlich ist es nur die Angst des unfähigen Schülers vor der Mathematikschularbeit", entgegnete Laura schnippisch.

„Halt den Mund, du blöde Ziege!", schimpfte Martin.

„Na, dann hätten wir den üblichen Gesprächston in dieser Familie wieder hergestellt", warf Gloria ein. „Ich möchte, dass ihr anders miteinander umgeht, und du, Laura, kannst dir deine unpassenden Bemerkungen ohne weiteres schenken."

„Bitte, vertragt euch wieder", sagte Frank, um dieses nervige Wortgeplänkel abzubrechen. Er legte seinen Müslilöffel zur Seite und blickte in die Runde. „Ich muss mich bei euch allen für gestern Abend entschuldigen. Ich hatte plötzlich einen ganz wichtigen Geschäftstermin, der für das Wohlergehen von uns allen bedeutsam war, und habe vergessen, euch von unterwegs anzurufen, um das Squashspiel abzusagen."

Frank sprach ausnahmsweise die Wahrheit, denn das so genannte Wohlergehehen der Familienmitglieder hatte sich durch die Drohung der russischen Mafia tatsächlich in größter Gefahr befunden. „Ich hoffe, ihr seid nicht mehr so wütend auf mich."

„Ist schon in Ordnung, Dad", sagte Martin, „ich bin solche Sachen von dir ja gewohnt, und du meinst es nicht böse."

Laura sah in der ganzen Situation eine Chance für sich. „Könntest du nicht als Zeichen deines Bedauerns doch noch ein Fläschchen Rosenblattparfum aus Frankreich mitbringen?", fragte sie mit zuckersüßer Stimme und gewaltigem Augenaufschlag ihren Vater.

Noch ehe Frank antworten konnte, schlug Gloria mit der Handfläche auf den Tisch und schrie leicht hysterisch: „Nein und noch einmal nein! Es kommt überhaupt nicht in Frage, dass der Geschenkewahnsinn dazu benützt wird, um das schlechte Gewissen eures Vaters zu beruhigen. Wir haben ausgemacht, dass es einige Zeit lang keine Geschenke mehr gibt, und dabei bleibt es. Was wir alle wollen, ist ein Familienvater, der nicht nur seinen Geschäften nachrennt, sondern auch Zeit für uns hat. Zeit hat aber nichts zu tun mit Geschenken."

„Ja, Sergeant-Major", sagte Frank, „ich habe die Botschaft klar und deutlich verstanden." Er nannte Gloria dann Sergeant-Major, wenn ihr Befehlston unmissverständlich war und Widerspruch keine Chance auf Erfolg hatte.

„Nun ist es aber an der Zeit, zum Flughafen zu fahren", sagte Frank. Er wandte sich an Gloria und fragte: „Würdest du mich bitte, wie versprochen, zum Flieger bringen?"

„Natürlich", sagte Gloria, „ich bin heute sowieso das Kindertaxi, denn Martin soll wegen seiner Kopfschmerzen nicht mit dem Bus fahren, und im Sinne der Gleichberechtigung fahre ich auch Madame Laura. Da macht es mir nichts aus, dich auch gleich zum Flughafen zu bringen."

„Ich danke dir, mein Schatz!" Frank drückte seiner Frau einen Kuss auf die Wange und lief in den Umkleideraum, um einige Sachen in seine Reisetasche zu packen.

„Beeile dich!", rief ihm Gloria nach.

Sie schaute die beiden Kinder lächelnd an und meinte: „Euer Vater lernt es nie! Es ist der übliche Wahnsinn! In zwei Stunden geht sein Flugzeug, und er hat noch nicht einmal gepackt."

„Da bin ich wieder", rief Frank nach wenigen Minuten. Er rannte in den Vorraum und schwenkte freudestrahlend die Reistasche: „Von mir aus können wir fahren."

Gloria verfrachtete Mann und Kinder in den blauen Rolls-Royce. Der protzige Wagen lag ihr nicht, und manchmal, wenn sie damit unterwegs war, schämte sie sich direkt für ihren Reichtum. Als der Wagen langsam den weißen Kiesweg hinunterrollte und das Gartentor schon fast erreicht hatte, rief Frank: „Halt, bitte fahre noch einmal zurück!"

„Was ist denn jetzt schon wieder los?", wollte Gloria wissen.

„Ich habe in der Hektik meinen Reisepass vergessen", murmelte Frank verlegen.

Laura konnte sich in dieser Situation eine schnippische Bemerkung nicht verkneifen: „Irgendwann vergisst du noch deinen Kopf, Papa."

Gloria legte also den Retourgang ein und fuhr wieder vor den Hauseingang. Frank hetzte in sein Arbeitszimmer und nahm den Reisepass aus dem Schreibtisch. Dann bemerkte er, dass er in der Nacht den Schlüssel zur Lade stecken gelassen hatte.

„Puh, Glück gehabt!", dachte er.

Es war ihm klar, dass diese Lade unbedingt immer verschlossen sein musste, wenn er nicht im Haus war, enthielt sie doch seine Korrespondenz über die durchgeführten Waffenlieferungen. Nachdem er den Pass herausgenommen und eingesteckt hatte, schloss er den Schreibtisch vorsichtig ab.

In diesem Moment setzte sich das Faxgerät in Betrieb. Frank legte geistesabwesend den Schlüssel für die Lade mitten auf den Schreibtisch und ging zum Fax, um Nachschau zu halten, welche Nachricht gerade hereinkam.

Es war eine wichtige Botschaft. Sein Geschäftspartner Peter Lester teilte ihm in dem kurzen Schreiben mit, dass er heute am Abend zum vereinbarten Zeitpunkt in Marseille sein werde.

Frank steckte das Schreiben ein, hetzte über die Stiege nach unten und lief zum vor der Haustür wartenden Auto. Gloria hupte bereits ungeduldig.

„Na endlich", sagte sie, als Frank einstieg, „die Kinder müssen recht-

zeitig in die Schule, und dein Flugzeug wird auch nicht warten."
„Hast du den Pass jetzt mit, Dad?", fragte ihn Martin
„Ja, alles klar zum Abheben", sagte Frank in bester Laune.

13. Die Ausbildung

Mbulu und alle anderen Kinder wurden am frühen Morgen geweckt. Schlaftrunken torkelten sie aus dem stickigen Zelt, und Mbulu schloss sich der Gruppe an, ohne zu wissen, was da eigentlich vorging.

Die Kinder nahmen im Hof in einer langen Reihe Aufstellung. Mehrere Minuten lang mussten sie dann bewegungslos dastehen, ehe der Ausbildner erschien.

„Augendisziplin!", brüllte er, und alle Kinder hatten daraufhin geradeaus nach vorne zu blicken. Niemand durfte auf die Seite schauen oder die Augen in irgendeiner Weise bewegen.

Dann folgte eine Stunde beinhartes Exerzieren. Die Kinder mussten auf dem Hof marschieren und genau das tun, was der Ausbildner verlangte. Klappte es nicht und patzte einer der jungen Rekruten, dann erhielt derjenige, der den Fehler gemacht hatte, einen Schlag mit der Kiboko, der Peitsche aus Nilpferdleder.

Mbulu, für den das alles völlig neu war, bekam an diesem Morgen wohl die meisten Hiebe. Es war ihm alles egal. Der Durst hatte ihn mittlerweile fast wahnsinnig gemacht, sein Magen knurrte, denn der Hunger war schon viel zu groß, um noch länger unterdrückt zu werden, sein Kreislauf drohte zusammenzubrechen. Nur noch mechanisch gehorchte er den Befehlen des Ausbildners, den sie Wallah nennen mussten.

Gegen Ende der ersten Exerzierstunde hatte Mbulu schon grundsätzlich begriffen, worum es ging. Er machte nur noch wenige Fehler. Es war ihm mittlerweile auch klar geworden, worum es bei diesem Exerzieren in aller Früh ging. Die jungen Soldaten sollten lernen, ihrem Kommandanten bedingungslos zu gehorchen. Sie hatten das zu tun, was ihnen befohlen wurde, ohne darüber nachzudenken, ob dies auch richtig oder gefährlich war.

Nach dem Exerzieren marschierten die „small boys" in ein großes Versorgungszelt, und sie erhielten ein ausgiebiges Frühstück. Mbulu konnte endlich so viel trinken, wie er wollte. Er setzte sich auf einen Platz gleich neben Zidam, der ebenfalls gierig und schnell die Nahrung in sich hineinschlang.

Mbulu bemerkte, dass Zidam das Verhalten eines Raubtieres hatte. Nach jedem Bissen hob er ein wenig den Kopf und blickte schnell in die Runde, um sicher zu sein, dass von ringsum keine Gefahr drohte.

„Ich esse dir schon nichts weg, obwohl ich so hungrig bin, dass ich einen Elefanten verschlingen könnte", sagte Mbulu freundlich und klopfte seinem Sitznachbarn zur Bestätigung auf die Schulter.

„Ich würde mir auch nichts wegnehmen lassen", fauchte ihn Zidam an.

„Warum schaust du so oft um dich, während du isst?", interessierte sich Mbulu weiter.

„Das ist nur Routine und dient meiner Sicherheit. Du wirst schon noch sehen, dass du verdammt gut aufpassen musst, um weiterzukommen. Auch für dich wird diese Bewegung bald selbstverständlich sein", sagte Zidam völlig ungerührt, während er weiter unablässig das Frühstück in sich hineinstopfte.

Nach dem Frühstück stellten sich die Kinder wieder im Hof auf, und Zidam sagte zu Mbulu: „Pass auf, jetzt wird es lustig, jetzt kommt die Morgenwäsche."

Langsam näherte sich ein Militär-Tankwagen, und das altersschwache Fahrzeug hielt knirschend vor den jungen Soldaten, die in Zweierreihe dastanden. Mbulu sah, dass der Kommandant das erste Mal ein wenig lächelte. „Alles bereit zur Dusche?", fragte er.

„Ja, Wallah!", riefen die Kinder.

Der Fahrer des Tankwagens ging langsam zum hinteren Teil des klapprigen Gerätes und nahm einen dicken Schlauch herunter. Normalerweise werden Fahrzeuge dieser Art als Wasserwerfer gegen Demonstranten bei Protestmärschen eingesetzt. Da sprüht man dann das Wasser mit hohem Druck gegen Personengruppen, die regelrecht weggeschwemmt werden, ein in vielen Ländern üblicher Vorgang, um die Protestierenden zu vertreiben.

In diesem Fall diente der Wasserwerfer allerdings als Dusche für die

Kindersoldaten. Dazu hatte man den Druck des Wasserstrahls so reduziert, dass die jungen Leute nicht weggespült wurden.

„Na, dann los!", brüllte der Kommandant.

Der Fahrer des Tankwagens drehte den Haupthahn auf, und eine Wasserfontäne ergoss sich über die Kinder. Die Zweierreihe löste sich im Nu auf, und jeder versuchte, sich möglichst lange und möglichst oft unter diese Brutalo-Dusche zu stellen.

Die jungen Soldaten durften sich für einen Augenblick lang wie Kinder verhalten und mussten nicht kleine Erwachsene spielen.

Als das Schauspiel vorbei war, fühlten sich die „small boys" wieder fit und vor allem wohl. Sie hatten ein ausgiebiges Frühstück und jetzt eine Dusche mit frischem, klarem Wasser gehabt.

Was für ein herrlicher Tag! Vergessen war für einen Moment der Drill der morgendlichen Exerzierstunde und das Geschrei des Ausbildners.

Die Kinder durften noch ein wenig herumtollen, doch dann war sie wieder da, die unverkennbare und laute Stimme des Vorgesetzten:

„Zweierreihe, los, los!", brüllte er. „Augendisziplin, wird's bald!"

Als die Truppe stillstand, kam der nächste Befehl: „In Zweierreihe zur Schule!"

Die jungen Soldaten marschierten an den Rand des Areals, wo eine lang gestreckte Baracke als Lehrsaal diente. Vor der so genannten Schule waren Matten auf dem Boden ausgebreitet, auf denen Gewehre lagen.

Doch die Kinder marschierten an den Waffen vorbei in das Gebäude, das tatsächlich wie eine Schule eingerichtet war. An der Vorderfront des Raumes befand sich eine grün gestrichene Tafel, und daneben stand ein Fernsehgerät mit einem vergrößerten Bildschirm. Im Raum selbst waren Schulbänke und Sessel für über 100 Kinder. Heute stand Ideologie auf dem Stundenplan. Das heißt, den jungen Leuten wurde erklärt, warum sie für Diktator Sinu Ubuchu kämpfen und notfalls auch sterben sollten. Übrigens, Sinu Ubuchu durfte man in der Garnison niemals als „Diktator" bezeichnen, sondern man musste von ihm immer als dem „Präsidenten" sprechen.

Die jungen Soldaten nahmen auf den Stühlen Platz.

Ein anderer Ausbilder kam herein. Er versuchte, ihnen mit wenigen Worten zu erklären, weshalb es gut und eine Sache der Ehre war, dass sie für Sinu Ubuchu überhaupt kämpfen durften.

Mbulu hatte den Eindruck, dass der Mann schon viele Schüler in diesem Raum unterrichtet hatte. Seine Worte kamen schnell und scharf, wie aus einer Pistole geschossen, aber sie wirkten für Mbulu nicht echt. Es schien ihm, als hätte dieser Mann, der da vorne stand, die Worte wie ein Schauspieler auswendig gelernt.

„Ihr seid die künftigen Herren dieses Landes!", rief der Ausbilder, der sich jetzt ganz in der Rolle des Lehrers befand. „Ihr seid es, auf die euer Präsident stolz ist. Ihr seid die gefürchteten Kinderkiller, die das Rebellengesindel vernichten werden. Nehmt Rache für all die Grausamkeiten, die Rebellen an vielen eurer Familienmitglieder begangen haben. Damit ihr wisst, woran ihr seid, zeige ich euch einen Film. Verdunkelt den Raum!"

Einige Bretter wurden in die Fensteröffnungen eingehängt, und bald war es im großen Klassenzimmer fast dunkel. Nur durch einige Ritzen drangen noch kleine Lichtstrahlen, die als helle Punkte auf dem Fußboden endeten.

Die meisten der Kindersoldaten hatten noch nie in ihrem Leben ein TV-Gerät gesehen und blickten gespannt auf den Apparat. Der Lehrer schaltete den Videorecorder ein. Den Kindern wurden grauenhafte Bilder gezeigt: Hinrichtungen, Folterungen, Auspeitschungen und dazwischen immer wieder lachende Gesichter von Rebellen. Für Mbulu und viele seiner Kameraden war es unfassbar, wie brutal Menschen sein konnten.

Dass viele der Grausamkeiten, die in dem Film zu sehen waren, von Regierungssoldaten begangen worden waren, die sich für diese gestellten Videoaufnahmen lediglich als Rebellen maskiert hatten, teilte man den Kindern natürlich nicht mit.

Propagandafilme kennen keine Wahrheit.

Propagandafilme sind lediglich dazu da, um den Zusehern möglichst eindrucksvoll eine bestimmte Meinung aufzudrängen.

Dieser Propagandafilm war von den Generälen des Diktators bei einem Kamerateam in Auftrag gegeben und professionell hergestellt worden. Eindeutiges Ziel dieses Videos war es, die Kindersoldaten noch mehr gegen die Rebellen aufzuhetzen.

Der Film verfehlte seine Wirkung nicht. Die jungen Zuseher waren geschockt, sprachlos, verwirrt und vor allem wütend auf alle Rebellen. Um den Eindruck, den das Bildmaterial geschaffen hatte, weiter zu verstärken, ließ der Lehrer auch nach dem Ende des Videofilms den Raum weiter verdunkelt. Der Vortragende war nicht zu sehen, sondern nur zu hören. Er sprach laut und beschwörend zu den jungen Soldaten: „Seht ihr nun, welche Grausamkeiten die Rebellen zu verantworten haben? Seht ihr nun, wie notwendig es ist, dass in diesem Land endlich wieder Friede herrscht? Ruft alle mit mir: Tod den Rebellen! Tod den Rebellen!"

Der Chor der Kindersoldaten rief, so laut er konnte, im dunklen Klassenzimmer: „Tod den Rebellen! Tod den Rebellen!"

Der finstere Raum verstärkte den Eindruck dieser Rufe, und einige Zeit lang sagte der Vortragende nichts, um die Wirkung noch zu steigern. Dann erst entfernte man die Balken von den Fenstern, und das grelle Sonnenlicht drang wieder in den Klassenraum.

„Genug Bildung für heute", rief der Lehrer. „Raus aus dem Klassenzimmer, stellt euch vor der Schule in Zweierreihe auf."

Die Kinderkiller liefen ins Freie und stellten sich auf.

Draußen wartete wieder der andere Ausbildner auf sie und brüllte nur ein Wort: „Augendisziplin!"

Anschließend wurden die stramm stehenden Kindersoldaten in kleine Gruppen eingeteilt, und jede Mannschaft setzte sich um eine der Matten, die vor der Schule auf dem Boden ausgebreitet waren. Auf jeder dieser Matten lag ein Gewehr.

Früher hatte es in vielen Ländern kaum Kindersoldaten gegeben. Der Grund dafür lag nicht etwa in besseren Moralvorstellungen, sondern darin, dass viele der Waffen, die bei Kämpfen von den Soldaten eingesetzt wurden, viel zu schwer für Kinder waren. Dies hatte sich nun total geändert.

Heutzutage gibt es automatische Gewehre, die auch von Kindern benützt werden können. Dabei handelt es sich entweder um die in Russland erzeugte AK-47 oder das amerikanische M-16.

Die Hersteller beider Gewehre sind besonders stolz darauf, dass diese Waffen so leicht zu bedienen und nach der Reinigung so einfach zusammenzubauen sind.

Eine AK-47 kann nach Angaben der UNICEF leicht von einem Zehnjährigen zerlegt und wieder zusammengefügt werden. Seit der Vorstellung der AK-47 im Jahr 1947 wurden weltweit etwa 55 Millionen des Gewehrtyps verkauft. Durch die große Stückzahl ist diese Waffe natürlich äußerst billig geworden. Man kann heute ein AK-47 Gewehr in vielen afrikanischen Ländern für rund sechs Dollar kaufen.

Das amerikanische M-16-Gewehr ist ähnlich dauerhaft und bedienungsfreundlich. Eine Journalistin hat das M-16 einmal in einem Artikel, der im US-Nachrichtenmagazin „TIME" erschienen ist, als „Transistorradio der Kriegführung" bezeichnet. Auch das M-16 wurde sehr oft verkauft, und viele Waffenhändler haben damit eine Menge Geld verdient.

Frank Monograta verkaufte keine Gewehre. Er verdiente sein Vermögen mit Handgranaten und Landminen. Mit der von ihm gelieferten Ware würden Mbulu und die anderen Kinderkiller morgen Bekanntschaft machen. Sowohl die Regierungssoldaten als auch die Freiheitskämpfer verfügten über das amerikanische M-16 und das russische AK-47-Gewehr, denn gekauft wurde immer jene Waffe, die den Generälen gerade günstig von Händlern angeboten wurde. Aus welchem Land das Gewehr kam, war völlig egal. Hauptsache, es funktionierte, war widerstandsfähig und leicht zu bedienen.

In den nächsten Stunden wurden die Kindersoldaten in Kleingruppen unterrichtet, wie mit den Gewehren umzugehen war. Zu Mittag hatten sie sich in Zweierreihe aufzustellen, und dann wurde ihnen befohlen, in das Verpflegungszelt zurückzugehen.

Zuvor hatte sich der Ausbildner aber noch eine weitere Brutalität ausgedacht. Die Kinder mussten zu einem bestimmten Platz auf dem Garnisonsgelände marschieren und dort mit ansehen, wie einige Freiheitskämpfer an Pfähle gefesselt und von Soldaten erschossen wurden. Dann erst durften die künftigen Kinderkiller in das Verpflegungszelt.

Als die jungen Soldaten in das Zelt kamen, waren sie still und von der soeben erlebten Hinrichtung geschockt. Aber das gute Mittagessen und als Zusatz die Dose Coca-Cola für jedes Kind trugen dazu bei, dass die Stimmung bald umschwenkte. Schon nach wenigen Minuten hörte man wieder fröhliches Kinderlachen aus dem Verpflegungszelt. Der Ausbildner hielt sich ganz bewusst fern, er wollte die gute Laune beim Mittagessen nicht trüben.

Diese letzte Stunde war genau geplant gewesen und Teil der psychologischen Ausbildung für Kindersoldaten. Sie sollten Brutalitäten wie die Hinrichtung live erleben und anschließend durch etwas Ablenkung, wie nun eben das gute Mittagessen, auf andere Gedanken kommen. Damit würde die Grausamkeit langsam, aber sicher in den Herzen der Kinder zu einer Selbstverständlichkeit werden.

In die Reisrationen hatte man den Kindern übrigens aufputschendes Schwarzpulver gemengt, wie dies bei vielen Truppen in Afrika üblich ist.

Am Nachmittag stand zuerst wieder das Exerzieren auf dem Programm. Dann folgten die Schießübungen mit den beiden Gewehrtypen. Mbulu und seine Kameraden hatten keine Probleme im Umgang mit den Waffen. Sie waren tatsächlich kinderleicht zu bedienen.

Am Abend wiederholte sich ein ähnlich brutales Ereignis wie zu Mittag. Die Kindersoldaten mussten mit ansehen, wie einige Freiheitskämpfer auf dem Galgenplatz gehängt wurden.

Anschließend ging es direkt in das Mannschaftszelt, und das Abendessen, auf das sie sich so gefreut hatten, fiel aus. Die Enttäuschung war groß und die Stimmung unter den jungen Soldaten mit einem Mal gedrückt.

Als alle Kinder im Mannschaftszelt waren und sich hingehockt hatten, erschien der Ausbildner beim Eingang und sagte mit lauter Stimme: „Soldaten, ihr seid heute sehr gut gewesen, und wir hatten ein hervorragendes Abendessen für euch geplant, diesmal sogar mit zwei Dosen Cola für jeden. Doch leider haben die Rebellen unseren Transporter überfallen. Deshalb müsst ihr heute am Abend hungern. Darauf gibt es nur eine Antwort." Der Ausbildner machte eine kurze Pause, dann brüllte er, so laut er konnte, in das Mannschaftszelt: „Tod den Rebellen! Tod den Rebellen!"

Wie ein Orkan kam die Antwort der Kinder zurück: „Tod den Rebellen! Tod den Rebellen!"

Der Ausbildner lächelte und sprach beruhigend, fast väterlich, weiter: „So, und nun schlaft gut. Morgen wird ein harter Tag. Und vergesst nicht, in diesem Raum herrscht Sprechverbot." Dann verschwand der Mann mit der Spiegelglatze und schloss die Eingangsplane hinter sich.

„Die Taktik ist klar", flüsterte Mbulu zu Zidam, seinem Nachbarn. „Die wollen nicht, dass wir miteinander reden, weil wir sonst leicht herausfinden würden, dass dies alles ganz genau geplant ist. Einmal soll es uns nach Grausamkeiten wie der Erschießung gut gehen, und wir erhalten ein köstliches Essen, dann sollen wir nach der Erhängung der Rebellen hungrig einschlafen, damit die Grausamkeit besser in der Erinnerung bleibt."

„Woher weißt du, dass das so ist?", fragte Zidam neugierig.

„Weil ich das Hirn in meinem Kopf auch zum Nachdenken benutze und nicht nur nutzlos spazieren trage", sagte Mbulu leise und grinste übers ganze Gesicht. „Aber die Mühe könnten sie sich sparen, ich hasse die Rebellen und möchte sie lieber heute anstatt morgen umbringen. Schlaf gut, Zidam."

„Schlaf gut, Mbulu. Du bist sehr klug", flüsterte sein Nachbar und grinste zurück.

Viele der Kindersoldaten hatten in dieser Nacht Albträume, denn in der Realität waren sie alle keine brutalen Krieger, sondern nichts anderes als völlig überforderte und ihrer Kindheit beraubte Menschen.

14. Der Waffentransport

Frank Monograta verabschiedete sich von seiner Frau und versprach, in spätestens drei Tagen wieder zurück zu sein. Gloria würde ihn wieder, wie immer nach seinen Reisen, vom Flugplatz abholen.

Frank nahm die Maschine nach Paris, blieb einige Stunden in der französischen Hauptstadt und traf Bekannte. Er sollte in diesen wenigen Stunden, die er in Paris war, von möglichst vielen Menschen gesehen werden. Dies alles nur für den Fall, dass er später ein Alibi benötigte.

In den Abendstunden flog er dann mit einer gecharterten Cessna zu einem Privatflughafen in der Nähe von Marseille. Damit war später nicht nachvollziehbar, wohin Frank tatsächlich geflogen war, denn in Paris würde bei einer eventuellen Nachfrage der Direktor einer Firma für medizinische Geräte jederzeit bestätigen, dass Herr Monograta ständig mit Besprechungen im Haus beschäftigt gewesen war.

Eine solche getarnte Geschäftsreise machte Frank recht oft.

Als er auf dem Privatflughafen in der Nähe von Marseille aus der Cessna stieg, ging er zielstrebig auf den Parkplatz, wo etwas abseits ein unauffälliger Renault geparkt war. Die Autoschlüssel für das Fahrzeug hatte Frank schon in Paris bekommen. Die Papiere für den Renault fand er im Handschuhfach.

Frank fuhr in ein kleines Hotel, das sich in einer Seitenstraße von Marseille befand. Dort trug er sich unter dem Namen Hans Eicher in das Gästebuch ein. Nach einer Dusche ging er zum Hafen. In einer der riesigen Lagerhallen, wo die Waren für den Transport der Schiffe gestapelt wurden, klopfte er an eine Metalltür.

Man hatte ihn schon erwartet. Frank begrüßte die Männer, die er alle schon von früheren Aufträgen her kannte, mit einem kräftigen Händedruck. Er übergab sofort jedem der Anwesenden ein kleines Kuvert, in dem sich eine Einzahlungsbestätigung befand.

Jeder dieser Männer hatte bei einer ganz bestimmten Bank in Paris ein Konto. Und auf jedes Konto war heute ein vereinbarter Geldbetrag eingezahlt worden. Im Raum befand sich auch der Kapitän jenes rostigen Frachters, der den Transport der Ware nach Afrika leiten würde.

„Sie sind ein schönes Stück reicher geworden, meine Herren", sagte Frank in seinem holprigen Französisch. „Die Zeiten, in denen noch Koffer voller Bargeld überreicht wurden, sind vorbei. Jetzt schafft es ein kleiner Zettel, den man Einzahlungsbestätigung nennt, Sie glücklich zu machen."

In den nächsten zwei Stunden wurde Frank die als Röntgenanlage deklarierte Ladung gezeigt. Dies war selbstverständlich nur Tarnung, denn in den Kisten befanden sich Handgranaten und die so genannten Anti-Personen-Minen, jene hinterhältigen Waffen, die vergraben werden, um ein bestimmtes Gebiet vor feindlichen Soldaten zu schützen.

Aber einer Mine ist es egal, wer auf sie drauftritt. Sehr oft werden Kinder Opfer dieser Anti-Personen-Minen. Weltweit sind zurzeit in 64 Staaten insgesamt etwa 110 Millionen Minen vergraben. Konkret heißt dies, dass auf jedes 12. Kind eine Mine kommt. Frank Monograta wusste natürlich darüber Bescheid, aber es kümmerte ihn nicht. Er wollte Geschäfte machen, alle anderen mit seiner Ware zusammenhängenden Fragen berührten sein Gewissen in keiner Weise.

Frank inspizierte die gefälschten Zollpapiere und vereinbarte mit dem Kapitän den Verladetermin der Waffen. In spätestens drei Tagen, wahrscheinlich schon früher, konnte das Schiff nach Afrika auslaufen.

Auch dieser Teil der Geschäftsabwicklung war nur noch Routine, denn Frank und der Kapitän arbeiteten schon lange zusammen. Bisher hatte es nie Probleme gegeben.

Als alle Fragen abgeklärt waren, sagte Frank fröhlich: „Meine Herren, ich danke Ihnen für die Zusammenarbeit und freue mich schon auf das nächste Geschäft!" Er fühlte sich in diesem Moment wirklich gut.

Es wurde noch eine Flasche Champagner geöffnet und gemeinsam auf das Gelingen der Aktion angestoßen. Dann kehrte Frank in das Hotel zurück und ging auf sein Zimmer. Nur wenig später läutete das Telefon. Am Apparat war sein Geschäftspartner Peter Lester, der ihm heute in der Früh das kurze Fax geschickt hatte.

Sie vereinbarten als Treffpunkt eines von Franks Lieblingsrestaurants, wo sie sich wenig später auch trafen.

Man hätte Peter Lester vom Aussehen her niemals für einen Waffendealer, sondern eher für einen Weinhändler gehalten, der gutes Essen sehr schätzte. Peters Leidenschaft waren französische Weine, und er konnte stundenlang darüber reden.

Bei einem erlesenen Menü erzählte Frank seinem Partner von dem Angebot der russischen Mafia, die Blend-Laser-Waffe zu handeln. Peter war sofort damit einverstanden. Auch er hatte keine Freude mit der 20-prozentigen Schutzgeldzahlung, die zusätzlich gefordert worden war, sah aber letztlich ein, dass es besser war, auf diese Erpressung einzugehen.

Als gerade die Nachspeise serviert wurde, erstarrte Frank.

Durch die Tür kam Boris, der Russe, mit dem er am Abend zuvor das unfreiwillige Geschäftsessen gehabt hatte.

„Da kommt der Mann, der mir den Kaktus in den Ferrari gelegt hat", sagte Frank.

Boris trat an den Tisch: „Ich hoffe, Sie sind mir nicht mehr böse", sagte er mit freundlicher Stimme. „Nun ist ja alles in Ordnung. Keine Stacheln, keine Schmerzen, nur viel Geld für uns alle."

Boris nahm einen Stuhl und setzte sich unaufgefordert an den Tisch. „Sie gestatten doch, dass ich Ihnen kurz Gesellschaft leiste."

Ohne eine Antwort abzuwarten, setzte er fort: „Ich bin froh darüber, dass die Ware sicher verpackt ist und die Lieferung an Ihre Freunde in Afrika termingerecht erfolgen kann. Sie wissen ja, wie schnell so ein rostiger alter Frachter auf hoher See explodieren könnte. Dieser Fall wird ja nun glücklicherweise nicht eintreten, da wir alle Partner sind. Wir freuen uns, dass Ihr Freund Peter Lester der Schutzgeldzahlung ebenfalls zugestimmt hat."

„Woher wissen Sie das?", fragte Frank verdutzt.

„Oh, wir sichern uns gerne ab", sagte Boris. „Wir sichern uns immer ab. Bitte, würden Sie mir freundlicherweise kurz Ihr Handy geben?"

Frank gab Boris sein Telefon, und der Russe öffnete mit einem kleinen Schraubenzieher das Gehäuse.

Dann nahm er die hinlänglich bekannte ovale, schwarze Schatulle aus der Jackentasche. Auch in diesem Behälter befand sich eine goldene Pinzette.

Boris nahm die Pinzette in die Hand und fischte aus dem Handy von Frank einen kleinen elektronischen Bauteil, den er auf den Tisch legte. Dann schraubte er das Handy wieder zusammen und gab es Frank mit den Worten zurück: „Nun konnten wir erfreulicherweise auch diesen wichtigen Stachel entfernen, denn der kleine Lauschangriff hat uns bestätigt, das wir Ihnen trauen dürfen. Sie haben uns nicht verraten und sich auch nicht bemüht, uns irgendwie zu betrügen."

„Haben Sie mich die ganze Zeit über abgehört?", fragte Frank.

„Ja, das war der Fall", sagte Boris und lächelte schon wieder.

Dann überreichte er Peter Lester die Schatulle mit der goldenen Pinzette und sagte: „Nun sind ja auch Sie unser Partner, und da ist ein kleines Erinnerungsgeschenk sicher passend. Unsere Organisation hofft, dass auch Sie niemals Probleme mit Stacheln haben werden."

Boris bestellte Champagner und stellte dann einen kleinen Lederkoffer mit Messingbeschlägen auf den Tisch.

„In diesem Köfferchen sind alle Unterlagen für unser neues Produkt. Jede Ihrer Fragen wird durch das Informationsmaterial wahrscheinlich beantwortet. Wir haben hoffentlich an alles gedacht. Unsere Angaben beziehen sich nicht nur auf technische Details, sondern auch auf Liefermöglichkeiten, und selbstverständlich ist auch" – Boris grinste besonders freundlich – „eine genaue Preisangabe für den Laser enthalten."

Das nächste Treffen wurde in genau einer Woche in einem bekannten Wiener Luxushotel vereinbart. Bis dahin sollten Frank und Peter mit ihren Kunden Gespräche führen und die Bestellmengen fixieren.

Während Frank mit Peter und Boris in dem Lokal saß, ging Martin Monograta auf der Suche nach ein paar Batterien für den neuen tragbaren CD-Player in das Arbeitszimmer seines Vaters.

Auf dem Schreibtisch sah er den Schlüssel zur Lade liegen.

15. Eine wunderbare Begegnung

In der Garnison spielte sich am nächsten Morgen das gleiche Schauspiel wie am Vortag ab.

Nach dem nervtötenden Exerzieren gab es wieder ein ausgiebiges Frühstück und anschließend die Dusche durch den Tankwagen.

Der Unterricht in der Schule wurde von demselben Lehrer wie gestern abgehalten. Heute versuchte er, ihnen im Eilzugstempo die Grundbegriffe der taktischen Kriegführung beizubringen. Dazu skizzierte er mit Kreide die wesentlichsten Angriffsformen auf der grün gestrichenen Tafel. Dann gab es einen Lehrfilm über das richtige Verhalten bei einem Sturmangriff. Die Unterrichtseinheit schloss wieder mit dem üblichen Ruf der Kindersoldaten: „Tod den Rebellen! Tod den Rebellen!"

Im Anschluss mussten die Angriffe noch mit dem Gewehr geübt werden. Dazu brachte man die kleinen Soldaten mit dem Lkw in ein menschenleeres, karges und hügeliges Gebiet, nicht weit von der Garnison entfernt. Es wurde bei dieser Übung bereits mit scharfer Munition geschossen, und den Kindern begann das Soldatenleben Spaß zu machen. Es war lustig, auf Strohpuppen zu feuern, bis sie völlig zerfetzt waren.

Bevor sie in das Verpflegungszelt zum Mittagessen marschierten, mussten sie wieder bei einer Exekution zusehen.

Mbulu hatte den Eindruck, dass man sich mit der Zeit auch an Hinrichtungen gewöhnen kann, wenn man sie nur oft genug miterlebt. Anderen Kindern ging es ähnlich.

Zum Mittagessen gab es diesmal erfreulicherweise die heiß ersehnte Dose Coca-Cola als Draufgabe. In die Reisration der Kinderkiller hatte man in der Küche wieder aufputschendes Schwarzpulver gegeben.

Die Kindersoldaten waren richtig glücklich. An die gerade miterlebte Hinrichtung dachten nicht mehr viele von ihnen.

Nach dem Mittagessen mussten die jungen Soldaten wieder auf die Ladefläche des Lasters springen. Man brachte sie erneut in das menschenleere Übungsgebiet.

Die Kinder nahmen vor einer großen Holzkiste Aufstellung, und der Ausbilder baute sich vor ihnen auf, die Hände in die Hüften gestützt. Offenbar wollte er eine Ansprache halten.

Mit lauter Stimme begann der Mann zu sprechen: „Soldaten, ich werde euch ab sofort Njamas nennen", er machte kunstvoll eine kurze Pause, „denn ihr seid nun auch Njamas, also Krieger und Helden! Ihr habt eure Ausbildung gut gemacht, und wir alle sind stolz auf euch. Besonders unser Präsident liebt euch. Heute steht uns noch ein wichtiges Training bevor. Dann dürft ihr endlich kämpfen. Vorher müsst ihr aber noch lernen, wie man richtig und wirkungsvoll Bombombs gegen diese verdammten Rebellen schleudert. Damit ihr gleich seht, wie das funktioniert, führe ich euch Handgranaten einmal vor. Bildet einen Halbkreis um mich, damit jeder von euch alles gut beobachten kann."

Der Ausbilder nahm aus dem Führerhaus des Lastwagens eine neue Strohpuppe, die eher an eine Vogelscheuche erinnerte, und stellte das Gebilde in einiger Entfernung von der Gruppe auf. Dann öffnete er die große Holzkiste und entnahm ihr eine Handgranate. Es war das Modell „ULX".

Diese Waffen hatte Frank Monograta an die Truppen des Diktators verkauft. Der bestellte Nachschub für die Soldaten würde in Kürze von Marseille aus auf dem Weg nach Afrika sein. Damit war sichergestellt, dass es sich bei Handgranaten – im Gegensatz zu Lebensmitteln – niemals um Mangelware handeln würde. Auch die Gegenseite, also die Rebellen, hatten vor einiger Zeit eine Menge „ULX" von Frank geliefert bekommen.

Diese Kampftruppe hatte derzeit genug von dem Zeug. Eine neue Bestellung der Rebellen für Landminen- und Handgranatennachschub sollte erst im nächsten Monat erfolgen. Gerade zu dem Zeitpunkt, als Mbulu und seine Kameraden auf dem Übungsgelände das richtige Schleudern von Bombombs übten, wurden aus dem Lagerhaus im Hafen von Marseille viele Kisten mit „ULX" zum Laderaum des Frachters gebracht.

Es war genau jener Tag, an dem Mbulu zum ersten Mal in seinem Leben eine Handgranate sah. Der Ausbildner nahm eine Handgranate, entsicherte sie und schleuderte das kleine graue Ding in Richtung Strohpuppe. Die Kraft der Explosion zerfetzte die Gestalt. Die Kindersoldaten waren fasziniert und starrten gebannt auf die rauchenden Strohreste.

„Diese Handgranaten, die zu eurer Kampfausrüstung gehören, werden viele Rebellen in Stücke reißen", rief der Ausbildner triumphierend.

Der Ausbildner erklärte nun den jungen Njamas, wie man den Sicherungsstift bei einer Handgranate herauszieht, dann ein wenig wartet, bis drei zählt und anschließend dieses hochexplosive Ding direkt in Richtung Feind schleudert.

Zuerst wurde mit Attrappen geübt, dann erhielt jeder Njama eine scharfe Handgranate für einen Übungswurf. Es machte den Kindern sichtlich mehr und mehr Spaß, und die anfängliche Angst vor den Handgranaten hatten sie bald vergessen.

Sobald die Übung beendet war, wurden die Kindersoldaten mit dem Lkw zurück in die Garnison gebracht. Sie mussten im Innenhof Aufstellung nehmen, und ihr Ausbildner überreichte ihnen eine Auszeichnung. Ein kleiner goldener Plastikstern mit einer roten Schleife wurde jedem der Soldaten auf das olivenfarbene T-Shirt geheftet.

Auch das war Teil der psychologischen Kriegführung. Durch diese lächerliche Auszeichnung mit einem völlig wertlosen Plastikstern sollte der Mut der Kindersoldaten für den morgigen Angriff gestärkt werden.

An diesem Abend gab es ein ausgezeichnetes Essen und wieder die heiß ersehnte Dose Coca-Cola für jeden Njama. Der Unteroffizier hielt neuerlich eine Ansprache, bei der er den Kindern mitteilte, dass es diesmal den Rebellen nicht gelungen sei, den Nachschubtransport anzugreifen, und dass deshalb wieder genügend Essen da sei. Durch den Mut und den Kampfgeist von ihnen, den Njamas, werde es in Kürze überhaupt keine Rebellen mehr geben.

Die Ansprache endete wieder mit dem üblichen Chor der Kinder. Sie riefen, so laut sie konnten, und immer wieder: „Tod den Rebellen! Tod den Rebellen!"

„Es ist mir klar, warum sie uns heute das ausgiebige Essen servieren", flüsterte Mbulu zu Zidam, „denn hungrig und geschwächt wären wir nicht so gute Kämpfer. Ich glaube ihnen jedenfalls die Lüge vom verhinderten Überfall auf den Nachschubtransport nicht."

„Ich glaub's auch nicht", sagte Zidam grinsend, der offensichtlich diese Lektion über psychologische Kriegführung begriffen hatte.

Am nächsten Morgen gab es kein Exerzieren mehr. Die Njamas wurden sofort in das Verpflegungszelt gebracht und erhielten ein reichliches Frühstück.

Dann wurden ihnen die Waffen ausgehändigt. Jeder von ihnen erhielt ein Gewehr, das entweder ein M16 oder ein AK-47 war, und die dazu gehörige Munition. Die Handgranaten würden sie erst am Angriffsort bekommen.

In der Garnison ging es zu wie in einem Ameisenhaufen. Mehrere Lastwagen transportierten schwer bewaffnete erwachsene Soldaten ab. Der Lkw mit den Kindern war das letzte Fahrzeug in der Kolonne, das sich in Bewegung setzte.

„Nun geht's los", sagte Mbulu zu Zidam, der sich wieder neben ihn gestellt hatte. Offenbar gab es zwischen den beiden Buben so etwas wie eine nicht ausgesprochene Freundschaft. Mbulu und Zidam wären sicher dicke Freunde geworden, hätten sie Zeit gehabt, miteinander zu spielen oder nur miteinander zu reden.

Mbulu hatte eigentlich überhaupt keinen Freund mehr. Er hätte so gerne gewusst, was aus Gnanaguru geworden war. Lebte er überhaupt noch?

Mit einem Mal begriff Mbulu, dass er ganz auf sich allein gestellt war. Er hatte niemanden mehr, mit dem er etwas besprechen konnte, er hatte keinen Babu und keinen Baba mehr, die er hätte um Rat fragen können. Er hatte keine Mutter mehr, und auch seine Schwestern waren tot. Alle ermordet von diesen verdammten Rebellen.

Mbulu freute sich darauf, dafür schon bald viele Rebellen zu töten. Er würde keine Gnade kennen, er würde zu ihnen grausam sein.

Er hasste die Rebellen.

Er war jetzt ein Kinderkiller.

Am Nachmittag blieben die Lastwagen in einer Schlucht stehen, damit sich alle Soldaten im Schatten ausruhen konnten. Während dieser kurzen Rast erhielt jeder von ihnen ein Verpflegungspaket und eine Flasche Wasser.

Die verantwortlichen Offiziere waren sichtlich bemüht, die Kondition der Männer und Kinder zu erhalten. Erschöpfte Soldaten hätten dann am Abend keine guten Kämpfer abgegeben.

Da man die Staubwolke von Lastwagen in dem ausgedörrten Landstrich, in dem sie sich befanden, sehr weit sehen konnte, wurde das letzte Stück des Weges marschiert. In einer Talsenke warteten sie die Dämmerung ab, und die Offiziere erklärten noch einmal die Taktik des Angriffs.

Dabei machte eine Tatsache Mbulu stutzig.

Sie, die Njamas, sollten als erste Gruppe den Angriff durchführen, und erst nach ihnen würden die erwachsenen Soldaten in das Camp der Rebellen stürmen.

Mbulu fragte den Unteroffizier, ob es dafür einen Grund gäbe, und die Antwort war nicht sehr zufrieden stellend. Der Mann brüllte Mbulu an: „Du bist hier, um Befehle auszuführen!"

Da wagte dann niemand mehr, weitere Fragen zu stellen. Auch Mbulu schwieg, denn er sah ein, dass es zwecklos war. Er würde nie eine ehrliche Antwort auf seine Frage bekommen.

Warum die Kinder zuerst in den Kampf geschickt wurden, hatte einen einfachen Grund. Um das Camp der Rebellen, das erst vor kurzem von Spionen entdeckt worden war, befand sich zur Verteidigung ein Minengürtel, aber niemand wusste genau wo. Diese Anti-Personen-Minen, geliefert von Frank Monograta, waren in der Erde vergraben, und nur ihr Zünder stand hervor. Wenn man auf so einen Auslöser draufstieg, dann konnte man Glück oder Pech haben.

Glück bestand darin, dass man sofort tot war, Pech bedeutete, dass man schwer verletzt liegen blieb und ein Fuß, ein Arm oder beide Beine durch die Explosion der Mine abgerissen worden waren.

Über diesen Minengürtel wurde den Njamas nichts erzählt. Sie würden die heimtückischen Sprengkörper, wenn tatsächlich welche da waren, schon noch früh genug bemerken.

Bis zum Angriff hatten sie noch etwa zwei Stunden Zeit. Der Offizier ging nun zu jedem einzelnen Kind und gab jedem eine kleine weiße Tablette, die ihren Mut noch weiter steigern würde.

Es handelte sich um ein gefährliches Aufputschmittel, das speziell für die Soldaten entwickelt worden war. Es versetzte sie in eine euphorische Stimmung und trübte die Wahrnehmung von Gefahren. Dass dieses Mittel schwere gesundheitliche Schäden im Gehirn nach sich zog, kümmerte die Verantwortlichen nicht. Die Kinderkiller waren dazu da, um jetzt zu kämpfen. Die meisten würden ohnehin nicht überleben. Was mit dem geringen Rest der Überlebenden geschah, war den Offizieren völlig egal. An die Zukunft zu denken, war nicht ihr Job.

Viele Kindersoldaten werden durch Rauschgift gefügig gemacht. Das ist ein ganz üblicher Vorgang in diesen offiziell nicht existierenden Kampftrupps. Oft bekommen die Kinder Marihuana, nicht selten erhalten die Killer-Kids auch Crack.

Mbulu nahm wie alle anderen seiner Einheit eine Tablette und steckte sie sich in den Mund. Er konzentrierte sich, um das Pulver nicht zu schlucken.

Als der Offizier weitergegangen war, nahm er das kleine weiße Ding verstohlen wieder aus dem Mund und steckte es in die Erde. Er brauchte kein Mittel, das seine Sinne trübte, er wollte den nächsten Stunden klar bei Sinnen entgegengehen. Mbulu wollte wissen, was er tat.

Zidam hatte seinen Freund genau beobachtet. Als Mbulu zu ihm hinübersah, zeigte ihm auch Zidam die kleine weiße Tablette, die er versteckt zwischen den Fingern hielt. „Wenn Mbulu dieses Mutpulver nicht braucht, dann nehme ich es auch nicht", dachte sich Zidam und vergrub die Tablette unbeobachtet neben sich im Boden.

Mbulu und Zidam bemerkten, wie sich die Kinder neben ihnen veränderten. Sie waren plötzlich ausgelassen und fröhlich. Es schien, als würden sie mit einem Mal auf einer Wolke der Glückseligkeit schweben. Das Gift tat seine Wirkung.

Als Mbulu das Verhalten der Kameraden um sich sah, war er froh, dass er diese Tablette nicht genommen hatte, denn er wollte beim Angriff ganz bewusst handeln. Er hatte vor, sehr mutig zu sein, aber er wollte immer wissen, was er tat.

Als die Dämmerung über das Land hereinbrach, machten sich die Soldaten auf den Weg. Sie schlichen sich bis an den Rand des Hügels, und dann sahen sie zum ersten Mal das Camp der Rebellen. Offenbar fühlte man sich dort in Sicherheit.

Es waren bereits mehrere Feuer angezündet worden, um die sich die meisten Freiheitskämpfer gelagert hatten. Aus vielen Zelten und Hütten war fröhliches Lachen und Stimmengemurmel zu hören.

Auf dem großen Platz in der Mitte des Camps sah man mehrere kleinere, spitz zusammenlaufende Gebilde. „Die dummen Kerle haben sogar ihre Gewehre zusammengelegt", meinte ein Unteroffizier, der mit einem Fernglas ausgestattet war, „da wird es für uns sehr leicht, die Bande auszurotten. Bis die zu ihren Gewehren gelaufen sind, haben wir unseren Angriff beendet und sie schon erledigt."

Alle Njamas stellten sich auf. Die Kinderkiller mussten die Ersten sein, die auf das Camp losstürmten. Wenig später würden ihnen die erwachsenen Soldaten folgen.

Der Kommandant ging noch einmal zu den Njamas, und nun sagte er etwas, was den Mut der durch die Tablette aufgeputschten Kinder noch weiter steigerte und gegenwärtig leider bei vielen afrikanischen Einheiten, in denen Kindersoldaten dienen, üblich ist: „Derjenige von euch, der mir heute Abend den Kopf des Anführers der Rebellen bringt, wird zum Unteroffizier ernannt."

Auch dies gehörte zum üblichen Ritual der so genannten psychologischen Kriegführung.

Die Spannung und Aufregung bei den Angreifern war nun auf dem Höhepunkt. Nur noch wenige Augenblicke, und der Kampf konnte beginnen.

Als der Kommandant das Zeichen zum Sturm gab, rannten die Njamas vorwärts, direkt auf das Camp zu. Es war ihnen verboten worden, während des Angriffs zu schreien, denn je länger sie unentdeckt blieben, desto größer war die Aussicht, die Rebellen zu erschießen, noch bevor sie sich verteidigen konnten.

Plötzlich zerfetzte ein ohrenbetäubender Knall die Stille der Nacht. Ein grell blitzender Feuerschein beleuchtete das gespenstische Halbdunkel. Mbulu sah, wie einer seiner Kameraden durch die Luft geschleudert wurde und mit einem Aufschrei zu Boden stürzte.

Dann kamen die Explosionen in immer rascherer Folge.

Jetzt war Mbulu völlig klar, warum sie die Kinder zuerst in den Kampf geschickt hatten: „Hier ist ein Minenfeld zur Verteidigung des Camps angelegt, und die Offiziere haben das gewusst. Sie wollten ihre erwachsenen Soldaten nicht opfern, deshalb haben sie uns Kinder vorauslaufen lassen. Wir sollten den Angriffskorridor für die nachkommenden Soldaten von Minen säubern, und es ist meinem Kommandanten völlig egal, ob wir sterben oder nicht."

Mbulu bekam einen unfassbaren Zorn auf den Offizier, der sie alle ganz bewusst in den Tod schicken wollte.

Der Befehlshaber selbst saß noch immer in seinem Geländewagen sicher hinter dem Hügel in Deckung und beobachtete das Geschehen ungerührt mit dem Fernglas. Er hatte nichts zu befürchten. In einer Schlacht passiert Kommandanten ja selten etwas, das ist bei allen Kriegen überall auf der Welt so. Es sind immer die einfachen Soldaten und die Unteroffiziere, die ihren Kopf hinhalten müssen. Es sind die Soldaten, die bei Kämpfen ihr Leben lassen müssen oder verstümmelt werden.

Mbulu, der über eine Wurzel gestolpert war, blieb auf dem Boden liegen. Um sich herum sah er einige von Landminen zerfetzte Körper seiner Kameraden. Er hatte sofort einen Plan.

Er musste sich tot stellen und so lange an dieser Stelle liegen bleiben, bis der Kommandant vorbeifahren würde. An ihm, der sie alle ganz bewusst in den Tod schickte, wollte er Rache nehmen.

Vor Mbulu ging der Angriff weiter in Richtung Rebellencamp, und schon nach wenigen Minuten hörte der auf dem Boden liegende Bub, wie der Geländewagen des Befehlshabers gestartet wurde.

Langsam näherte sich das Fahrzeug jener Stelle, an der Mbulu auf dem Boden lag.

Als der Wagen des Kommandanten im Schritttempo vorbeifuhr, zog Mbulu den Sicherungsstift aus einer seiner Handgranaten und warf den Sprengkörper in das Fahrzeug des Offiziers.

Sekunden später explodierte das Geländeauto und ging in Flammen auf.

„Das war ich meinen Kameraden schuldig", sagte Mbulu und stürmte vorwärts in Richtung Rebellencamp.

Die Angreifer hatten schon ganze Arbeit geleistet, und viele der Rebellen waren tot. Einem beträchtlichen Teil der Freiheitskämpfer gelang es allerdings zu flüchten.

Mbulu hatte zwar am eigenen Kommandanten fürchterliche Rache genommen, aber bisher noch keinen einzigen Rebellen vor sein M-16 bekommen.

Er hoffte, in einer der Hütten noch ein Opfer zu finden. Er musste Rache nehmen für das Leid, das diese verdammten Rebellen seinen Dorfbewohnern angetan hatten.

So streifte Mbulu ziellos durch das Camp, immer in der Hoffnung, auf einen flüchtenden Rebellen das Feuer eröffnen zu können.

Plötzlich bewegte sich etwas. Mbulu sah einen Mann, der sich unter einer Plane verkrochen hatte und nun versuchte, vor ihm davonzulaufen. Ohne zu zögern eröffnete Mbulu das Feuer und schoss eine Salve auf das Opfer ab.

Endlich, er hatte einen der Rebellen erledigt.

Da hörte Mbulu hinter sich ein Geräusch. Als er sich gerade umdrehen wollte, krachte ein Körper auf ihn und warf ihn zu Boden. Offenbar hatte es in diesem Teil des Camps noch einen anderen überlebenden Rebellen gegeben, der aber über kein Gewehr mehr verfügte. Mbulu wehrte sich mit Leibeskräften, und die beiden Kämpfer wälzten sich auf dem Boden.

Sein Gegner hatte eines dieser langen Kampfmesser in der Hand. Mbulu gelang es, den Angreifer von seinem Rücken abzuschütteln.

Der Schein brennender Hütten beleuchtete das Geschehen.

Mbulu konnte sich ein wenig aus der Umklammerung durch den Angreifer befreien. Er zog sein M-16 an sich und wollte gerade den Abzug betätigen, als er erkannte, wer sein Gegner war.

„Gnanaguru!", rief er. „Mein Freund!"

Beide Buben ließen ihre Waffen fallen, stürmten aufeinander zu und umarmten sich.

Beide Kämpfer, die ja noch Kinder waren, hielten einander fest umklammert und verharrten eine Weile völlig regungslos. Jeder drückte den Körper des anderen, so fest er konnte, an sich. Den Buben rannen dicke Tränen der Freude über die staubigen Wangen. Mbulu schmerzten wieder die Augen.

„Wo kommst du denn her?", fragte Mbulu nach einer Weile, „ich habe gedacht, du bist wie ich bei den Regierungssoldaten."

„Nein", antwortete Gnanaguru, „alle Jugendlichen unseres Dorfes wurden in dieses Camp gebracht. Wir wurden hier ausgebildet, denn wir möchten für die Freiheit kämpfen und nicht für einen Diktator, der das Volk ausbeutet."

Offenbar hatte es auch im Camp der Freiheitskämpfer schon so etwas wie Ideologieschulung gegeben.

Mbulu verstand gar nichts mehr. Wie gerne hätte er jetzt die ganze Geschichte gehört und erfahren, was tatsächlich in Kugula geschehen war. Aber dafür war im Moment keine Zeit.

„Komm, Gnanaguru, wir müssen von hier verschwinden, die Gegend ist für jeden von uns zu gefährlich." Mbulu nahm sein Gewehr, und gemeinsam rannten die beiden Buben in die Dunkelheit der Nacht.

„Nein, Mbulu," schrie Gnanaguru, „dort drüben ist alles voller Minen, wir müssen jenen Weg zurücklaufen, auf dem euer Angriff gekommen ist. Nur in diesem schmalen Bereich sind wir vor Minen einigermaßen sicher."

Vorsichtig gingen die beiden Buben den Korridor entlang. In der Ferne sahen sie grölend und jubelnd die Regierungssoldaten, die um ein hell loderndes Feuer standen. Es waren kaum mehr Njamas darunter.

Nur wenige Kindersoldaten hatten den Angriff wegen der vielen Minen überlebt.

Überall lagen Leichen. Der Minengürtel, der um das Camp angelegt war, hatte die meisten der Kinderkiller getötet.

Mbulu sah auch Zidam.

Er war schrecklich zugerichtet und lag zusammengekrümmt auf dem Boden. Eine der von Frank Monograta gelieferten Anti-Personen-Minen hatte Zidam das Leben gekostet.

Mbulu und Gnanaguru nahmen einige Magazine aus den Waffen der gefallenen Soldaten, die noch auf dem Schlachtfeld lagen, denn das würde vieles erleichtern. Gnanaguru hob auch ein Gewehr auf, das bei einem toten Njama lag.

Er schulterte die Waffe, und nur wenige Augenblicke später waren die beiden Buben in der Dunkelheit verschwunden.

Zurück blieb das Schlachtfeld, auf dem sinnlos Kinder getötet worden waren. Mittendrin standen auch die rauchenden Überreste des durch Mbulu in die Luft gejagten Geländefahrzeuges, aus dem sich der Kommandant nicht mehr hatte retten können.

16. Die Entdeckung

Martin Monograta stand im Arbeitszimmer seines Vaters und nahm den Schlüssel für die Schreibtischlade langsam in seine Hand.

„Das ist die Gunst der Stunde", dachte er sich, „jetzt kann ich endlich einmal nachschauen, warum mein Paps diese Lade immer versperrt hat. Wahrscheinlich liegen da die Kontoauszüge drinnen, und Dad will nicht, dass wir wissen, wie reich er tatsächlich ist."

Martin setzte sich in den Ledersessel und steckte den Schlüssel in die dafür vorgesehene Öffnung. Er sperrte die Lade auf und öffnete sie.

„Wie ich es mir gedacht habe, alles voller Papier, lauter Geschäftsquatsch", kam es Martin in den Sinn, als er das Durcheinander an diversen Schriftstücken sah. „Typisch Dad", murmelte Martin, „er ist einfach ein Chaot und kann nicht Ordnung halten."

In der Schreibtischlade lagen auch einige Briefe verstreut herum, die meisten von ihnen waren in englischer Sprache abgefasst. „Der Papierwahnsinn interessiert mich nicht", dachte sich Martin, „ich möchte so etwas wie einen Kontoauszug finden." Er wühlte ein wenig in den Papieren, konnte aber nichts entdecken.

Dennoch, irgendein Geheimnis musste diese Lade haben, sonst hätte sie sein Vater nicht die ganze Zeit über verschlossen gehalten. Er überlegte: „Es muss ein Geheimnis geben, denn Dad ist ein lockerer Typ und versperrt nicht ohne Grund seinen Schreibtisch." Der Bub suchte weiter und tastete die Rückwand der Lade vorsichtig ab, dann die Seitenteile.

Nichts.

Als er seine Untersuchungen auch an der Oberseite fortsetzte, fand er einen kleinen Schalter, der sich leicht bewegen ließ. Jedes Mal, wenn er den Schalter betätigte, hörte er in einem anderen Teil des Schreibtisches ein klackendes Geräusch.

Das war also das Geheimnis. Die Lade war nur versperrt, weil sie einen verborgenen Mechanismus schützte, der zu einem anderen Geheimfach führte.

Es fiel Martin nicht besonders schwer, jene Stelle im rechten Teil des Schreibtisches zu finden, wo das klackende Geräusch besonders intensiv war. Es handelte sich dabei um den Fußteil des Möbelstücks.

Martin zog deshalb die unterste Lade im rechten Schreibtischelement heraus und fand tatsächlich darunter eine Metallplatte. Mit dem vorhin entdeckten Geheimschalter konnte er mühelos die Metallplatte öffnen.

Neugierig spähte er in das verborgene Fach. „Schon wieder nur Papiere", dachte er sich. Aber diese Papiere waren alle fein säuberlich geordnet.

Vorsichtig nahm er einige Blätter heraus, denn er wollte ja keine Unordnung verursachen. Die Spionage im Schreibtisch sollte geheim bleiben, und sein Vater durfte natürlich nicht entdecken, dass Martin im verborgenen Fach gewühlt hatte.

Martin Monograta nahm den Papierstoß in die Hand und setzte sich in den Ledersessel beim Schreibtisch. Er schaltete die Schreibtischlampe ein und begann zu lesen.

Er fühlte, wie sein Körper von einem unangenehmen Kribbeln befallen wurde. So war es immer, wenn er besondere Aufregung verspürte.

Als Martin die ersten paar Seiten gelesen hatte, war ihm mit einem Schlag alles klar.

Panik erfasste ihn. Er hatte das Geheimnis seines Vaters entdeckt.

Martin konnte nicht mehr weiterlesen. Sein Blick starrte ins Leere, er war kaum in der Lage, einen klaren Gedanken zu fassen. Seine Kopfschmerzen begannen wieder stärker zu werden.

Sein Vater, jener Mensch, zu dem er so viel Vertrauen hatte und den er so sehr liebte, war ein Waffenhändler. Dad verkaufte keine medizinischen Geräte, das war alles bloß Tarnung. Er machte sein Geld mit Landminen und Handgranaten.

Martin ließ die Papiere achtlos auf dem Scheibtisch liegen und ging langsam in das Wohnzimmer hinunter, wo Gloria gerade damit beschäftigt war, ein Blumengesteck zu arrangieren.

„Mam", sagte Martin mit sehr leiser Stimme, „ich muss sofort mit dir reden."

Gloria drehte sich um und sah ihrem Sohn in die Augen. Sie wusste augenblicklich, dass es da irgendein größeres Problem gab.

Ihrer Ansicht nach konnte es dafür nur eine Ursache geben. Gloria lächelte und trat auf ihren Sprössling zu. Sie kraulte beruhigend Martins Haar und meinte: „Mach dir nichts draus, mein Liebling. Schularbeiten sind nicht die wichtigste Sache der Welt. Nur Mut, du wirs es schaffen!"

„Nein, Mam", erwiderte Martin mit gesenktem Kopf, „ich habe kein Problem mit Mathe. Es geht um Dad."

„Wieso, was hat dein Vater mit Schularbeiten zu tun?" Gloria war verwirrt.

„Nein, Mama", sagte Martin mit noch leiserer Stimme, „es geht nicht um Schularbeiten, sondern um ein Geheimnis."

„Welches Geheimnis?", rief Gloria. Sie packte Martin an der Schulter und schüttelte ihn ein wenig, so als wollte sie ihn wachrütteln. „Jetzt sag mir endlich, was los ist."

„Dad verkauft Waffen und nicht diesen medizinischen Kram. Deshalb sind wir so reich, Mami."

„Woher weißt du das? Das kann nur ein Irrtum sein." Gloria verstand jetzt überhaupt nichts mehr.

„Komm mit, ich zeig's dir." Martin nahm seine Mutter bei der Hand und führte sie ins Arbeitszimmer.

Schon nach wenigen Minuten war auch Gloria alles klar. Sie verstand nun, woher das viele Geld kam, das ihr Mann verdiente. Dieses ganze Gerede von medizinischen Geräten für diverse Spitäler in der Dritten Welt, alles war nur Lüge gewesen.

„Ich kann es nicht glauben, ich kann es nicht glauben", murmelte Gloria immer wieder.

Eigentlich hätten diese brisanten Papiere sicher verwahrt im Tresor sein müssen, aber Frank hatte es vorgezogen, diese Geschäftsunterlagen in der Geheimlade des Schreibtisches zu verstecken. Wahrscheinlich deshalb, weil Gloria die Kombination des Tresors kannte und den Panzerschrank auch immer wieder öffnete, um zum Beispiel die Reisepässe herauszuholen. Im Tresor konnte Frank deshalb diese Unterlagen über die tatsächlich durchgeführten Geschäfte keinesfalls lagern. Dort wäre alles rasch entdeckt worden und nicht sicher gewesen. Deshalb die Unterbringung im Geheimfach.

Wahrscheinlich hatte Frank nie damit gerechnet, dass irgendjemand in seinem Arbeitszimmer schnüffeln würde.

Er hatte es verabsäumt, die belastenden Unterlagen rechtzeitig aus dem Haus zu bringen oder zu vernichten. Jetzt war es dafür zu spät.

Gloria begann zu weinen, und Martin versuchte, seine Mutter zu trösten. „Vielleicht ist alles ein Irrtum, Mama", flüsterte er, doch Gloria schüttelte nur den Kopf. Viel zu eindeutig waren die Beweise.

Martin streichelte das Haar seiner Mutter. Niemand sprach ein Wort.

Der Bub streichelte behutsam weiter den Kopf seiner Mutter. Gloria hatte die Augen geschlossen, und nur hin und wieder schluchzte sie kaum hörbar auf.

„Mama."

Martin sprach sehr leise, und seine Stimme war kaum hörbar.

„Ja, Martin, was ist?", fragte Gloria.

„Mama, ich halte es fast nicht mehr aus. Ich habe entsetzliches Kopfweh."

Gloria richtete sich auf und zog Martin behutsam an sich. „Alles wird wieder gut mein, Liebling, morgen sind wir beim Arzt."

„Mama, so lange halte ich nicht mehr durch", flüsterte Martin. „Die Schmerzen machen mich wahnsinnig. Sie sind durch die Aufregung plötzlich ganz stark geworden. Ich habe das Gefühl, als würde mein Kopf zerplatzen."

Gloria bettete Martin vorsichtig auf die Ledercouch im Arbeitszimmer und holte dann mehrere Tücher, die sie mit kaltem Wasser befeuchtete. Die legte sie ihrem Sohn auf die Stirn. Das linderte ein wenig die Schmerzen.

„Warte ein bisschen, mein Liebling", sagte Gloria mit sanfter Stimme. „Es wird gleich noch viel besser werden. Bleib ganz entspannt liegen. Ich rufe inzwischen im Sanatorium an und regle alles für dich."

Seit Frank Monograta so viel verdiente, wollte er, dass auch bei der Behandlung von Krankheiten nicht auf Luxus verzichtet wurde. Deshalb kam als Behandlungsort immer nur das Privatsanatorium des befreundeten Arztes Dr. Ernst Huber in Frage.

Als Gloria anrief, wurde sie sofort mit dem Chef selbst verbunden. Sie schilderte Dr. Huber kurz den Zustand von Martin. „Natürlich werden wir Martin nicht erst morgen untersuchen. Ich schicke sofort einen Krankenwagen", beruhigte sie der Arzt, „es wird schon nichts Schlimmes sein. Ich verschiebe meine Termine so, dass ich Zeit habe, die Tests gleich selbst zu machen. Da wissen wir dann sofort, was Martin fehlt."

Gloria ging wieder zu Martin. Sie beugte sich über ihren Sohn, der ganz blass im Gesicht war und schwer atmete. „Wie fühlst du dich, mein Liebling?", flüsterte die Mutter und hauchte Martin zärtlich einen Kuss aufs Ohr.

„Danke, Mama, es geht bald wieder", sagte der Bub.

„Haben dir die nassen Tücher geholfen? Sind die Schmerzen jetzt weg?", fragte Gloria besorgt.

„Ja, es ist schon viel besser", log Martin, denn tatsächlich hatten sich die Kopfschmerzen bis zur Unerträglichkeit gesteigert. Es war keine Besserung eingetreten.

Laura, die im Stall gewesen war, kam ins Arbeitszimmer gelaufen. Sie spürte instinktiv, dass etwas geschehen war.

Gloria bemühte sich gerade, die nassen Tücher zu erneuern, als Laura hereinkam: „Was ist denn passiert, Mama?", rief sie besorgt und ziemlich laut, als sie Martin auf der Couch liegen sah.

„Deinem Bruder geht es nicht gut. Bitte, sprich leise. Der Krankenwagen kommt in wenigen Minuten, und dann bringen wir Martin sofort ins Sanatorium. Er wird noch heute untersucht." Gloria lächelte mit traurigem Gesichtsausdruck kurz in Richtung ihrer Tochter.

Martin hob die Hand und wollte sich aufrichten. Aber es ging nicht, die Schmerzen waren zu groß. Erschöpft ließ sich der Bub wieder auf die Couch sinken.

„Sag's ihr, Mama", bat er mit leiser Stimme.

„Martin ist bewundernswert", dachte sich Gloria, „hat selbst genug Probleme mit sich und kümmert sich trotzdem weiter um den Familienskandal."

„Ja, du hast Recht", sagte Gloria, „wir sollten auch Laura sofort darüber informieren, was ihr Vater tatsächlich tut."

Dann erzählte sie in knappen Worten ihrer Tochter von der Entdeckung.

Laura war fassungslos: „Ich kann's nicht glauben, dass Daddy ein Waffenhändler ist. Er ist doch immer so lieb, und er verkauft bestimmt nicht diese hinterhältigen Minen, die auch so viele Kinder töten. Ich kann mir das einfach nicht vorstellen."

Doch zunächst war diese Angelegenheit nicht das Hauptproblem.

Wichtig war, dass Martin sofort geholfen wurde. Alles andere zählte im Moment nicht.

Der Krankenwagen traf wenig später ein. Martin, der nach wie vor sehr blass war, wurde vorsichtig auf eine Trage gelegt und zum Auto transportiert. Dann setzte sich das Rettungsauto langsam in Bewegung. Sie konnten nicht schnell fahren, denn jede Erschütterung hätte Martins Schmerzen nur vergrößert.

Laura blieb im Haus zurück, Gloria begleitete ihren Sohn ins Sanatorium.

Als das Auto hinter der Einfahrt verschwunden war, schloss sich das Tor automatisch.

Laura rannte wieder ins Arbeitszimmer von Frank. Sie musste unbedingt mit eigenen Augen die Geschäftspapiere sehen, die bewiesen, dass ihr Vater ein skrupelloser Waffenhändler war, der mit dem Leid anderer Menschen Millionen verdiente.

Nur Minuten später war auch für Laura alles klar.

Weinend ging das Mädchen in den Stall, um weiter ihre Pferde zu pflegen. Dieses schöne Leben wie im Märchen, der tägliche Luxus, all das war nur möglich, weil ihr Vater mit Handgranaten und Minen handelte. Laura kam sich ziemlich schäbig vor, obwohl sie selbst ja gar nichts dafür konnte, dass ihr Vater Waffen verkaufte.

Martin wurde im Sanatorium sofort in ein Untersuchungszimmer gebracht und für die medizinischen Tests vorbereitet.

Nur wenige Minuten später kam auch Dr. Huber. Er lächelte Gloria an, die völlig verzweifelt und zusammengesunken auf der Bank saß.

Der Arzt war sichtlich bemüht, gute Stimmung zu machen und Gloria ein wenig aufzuheitern: „Gut siehst du aus, meine Liebe. Es besteht doch überhaupt kein Grund, sich solche Sorgen zu machen. Ich nehme nicht an, dass es etwas Ernstes ist, denn Martin strotzt ja vor Gesundheit. Er hat mir doch erst vor wenigen Wochen, als wir alle gemeinsam auf dem Tennisplatz waren, eine vernichtende Niederlage zugefügt. Entspanne dich und trink einen Kaffee. Gleich werden wir alles geklärt haben."

Dr. Huber bat eine Krankenschwester, Gloria in sein Büro zu bringen und mit ausreichend Kaffee sowie etwas Lesestoff zu versorgen.

Gloria saß allein in dem großen Büroraum des Klinikchefs, und jede Minute kam ihr wie eine Stunde vor. Es schien ihr, als sei die Zeit stehen geblieben. Nervös trommelte sie mit den Fingern auf der blank polierten Platte des Mahagonischreibtisches und trank mehrere Tassen Kaffee.

Sie wollte endlich wissen, was mit ihrem Sohn tatsächlich los war, denn an die so genannten „Wachstumsstörungen" glaubte sie seit heute Nachmittag nicht mehr.

Gloria gab sich intensiv ihren Gedanken hin und bemerkte gar nicht, wie Dr. Huber den Raum betrat.

Er lächelte zwar noch immer, doch irgendwie hatte dieses Lächeln nichts Beruhigendes mehr an sich.

Der Arzt setzte sich neben Gloria und nahm ihre Hand. „Es tut mir Leid, Gloria, aber ich habe mich am Anfang getäuscht. Martin ist sehr, sehr krank. Ich kann dir noch nicht ganz genau sagen, was tatsächlich los ist, denn dazu brauchen wir noch weitere Untersuchungen. Wir machen gerade eine Computertomographie. Wir vermuten einen Tumor im Gehirn", sagte Dr. Huber und drückte die Hand von Gloria. „Wir werden alles nur Mögliche tun, um das Leben deines Sohnes zu retten."

17. Nur eine Mine

Mbulu und sein Freund waren nur ein kurzes Stück gelaufen, als die Stille der Nacht von einem ohrenbetäubenden Knall durchbrochen wurde.

Gnanaguru war über einen Ast gestolpert und hatte im Fallen eine Mine ausgelöst. Die Explosion hatten sicher auch die Soldaten im Camp gehört. Sie würden bestimmt in Kürze kommen und Nachschau halten.

Gnanaguru krümmte sich vor Schmerzen auf dem Boden. Er war am Unterschenkel und am Fuß schwer verletzt.

Mbulu schleuderte die zwei Gewehre in den Busch und hob Gnanaguru auf seine Schulter. Er packte beide Hände seines Freundes ganz fest und trug ihn so Huckepack ein Stück in Richtung Gestrüpp. Hinter sich hörte er auch schon die aufgeregten Stimmen von Soldaten. Sie mussten bereits ziemlich nahe sein.

In einiger Entfernung von der Explosionsstelle verbarg Mbulu seinen Freund und anschließend sich selbst unter den Ästen eines Busches.

Er konnte bereits die Umrisse der Soldaten schemenhaft gegen den dunkelblauen Nachthimmel ausmachen. Mbulu steckte Gnanaguru seine Faust in den Mund, und sein Freund biss, von unerträglichen Schmerzen gepeinigt, in das Fleisch der Hand.

„Psst, halte durch, die Soldaten sind gleich weg", flüsterte Mbulu. „Bitte, bitte, sei tapfer, beiße in meine Hand, so fest du willst, aber bitte schrei nicht." Ein lautes Stöhnen, und sie wären beide verloren gewesen.

Aber Mbulu und Gnanaguru wollten leben.

„Hier ist nichts", rief einer der Soldaten, und einer seiner Kameraden murmelte: „Wahrscheinlich hat irgendein Tier die Mine ausgelöst und konnte sich noch verletzt in die Savanne schleppen."

„Mir soll's recht sein", entgegnete ein anderer Soldat und feuerte wahllos in die ringsum stehenden Büsche. Zum Glück hatte sich Mbulu nicht gleich dort versteckt, wo die Mine eingegraben gewesen war. Die Kugeln hätten ihn und Gnanaguru mit Sicherheit getroffen.

„Gehen wir zurück ins Camp." Offenbar war auch ein Unteroffizier nachgekommen, der nun den Befehl zum Rückzug gab.

Wenig später waren die Soldaten verschwunden, und Mbulu konnte erleichtert aufatmen. Erst jetzt wurde ihm bewusst, wie fest sein Freund, der von rasenden Schmerzen gepeinigt wurde, in seine Hand gebissen hatte. Mbulus Handrücken war von Gnanagurus Zähnen so verletzt worden, dass er heftig blutete. Mbulu gab seinem Freund ein Aststück in den Mund, und Gnanaguru musste fest draufbeißen. Eine Vorsichtsmaßnahme, die verhindern sollte, dass der Bub vor Schmerzen schrie.

Gnanagurus Fuß musste nun so rasch wie möglich behandelt werden. Mbulu riss sich sein verschwitztes, olivenfarbiges T-Shirt vom Körper und fetzte den Stoff in kleine Streifen. Dann band er die Wunden, so gut es ging, ab, um das Blut zu stillen. Doch dieser Stoff war viel zu wenig, um einen ordentlichen Verband anzulegen. Gnanagurus Hemd war schon alt und starrte vor Schmutz. Es war als Verbandsmaterial überhaupt nicht zu gebrauchen, denn es hätte die Wunden stark verschmutzt und damit alles noch schlimmer gemacht. Natürlich war auch Mbulus olivenfarbiges T-Shirt nicht gerade sauber gewesen.

Mbulu blieb kein anderer Ausweg, als sich noch einmal ins Camp zurückzuschleichen. Er musste dort irgendwie zu Alkohol zum Säubern der Verletzungen an Gnanagurus Fuß und zu Verbandsmaterial kommen.

Dieses Unternehmen war sehr gefährlich, denn in der Zwischenzeit hatten die Soldaten im Camp sicher schon als Schutz vor den geflohenen Rebellen, die vielleicht einen Gegenangriff machen würden, einige Wachen aufgestellt.

Mbulu musste sich eine List einfallen lassen, um zu den Materialien zu kommen. Auf jeden Fall musste er noch einmal ins Camp.

Doch zuvor schlich er sich zu dem Gebüsch, in das er die beiden Gewehre geschleudert hatte. Er kehrte zu Gnanaguru zurück und gab ihm die AK-47 in die Hand. Sein Freund durfte nicht schutzlos zurückbleiben.

Die Schmerzen hatten Gnanaguru fast ohnmächtig gemacht. Mbulu rüttelte seinen Freund und erklärte ihm, dass er Wundalkohol und Verbände besorgen musste. Gnanaguru solle sich in der Zwischenzeit im dichten Gestrüpp verborgen halten.

Was allerdings geschehen würde, wenn Gnanaguru tatsächlich schießen musste, daran wagte Mbulu gar nicht zu denken. Dann würden die Soldaten mit Sicherheit noch einmal aus dem Camp herbeieilen und so lange suchen, bis sie den Schützen gefunden hatten.

„Hast du mich verstanden, Gnanaguru?", flüsterte Mbulu, und sein Freund nickte schwach mit dem Kopf. „Es wird einige Stunden dauern, bis ich zurückkehren kann. Sei tapfer, bitte, halte durch!" Mbulu kontrollierte noch einmal die Wunden seines Freundes und den Notverband.

Alles schien in Ordnung zu sein.

Dann stellte Mbulu noch seine kleine, nicht einmal mehr halb volle Wasserflasche in die Nähe von Gnanagurus rechter Hand.

Langsam ging Mbulu zurück in Richtung Camp. Er hatte sich nicht getäuscht. Bei den ersten Bäumen nach jener Talsenke, wo sie vor dem Angriff Rast gemacht hatten, sah er mehrere Soldaten, die langsam auf und ab gingen.

„Diese dummen Kerle", dachte sich Mbulu. „Die spazieren da oben wie Zielscheiben herum."

Jetzt, wo er sicher war, dass die Soldaten bereits Wachen aufgestellt hatten, gab es nur noch eine Möglichkeit, ins Lager zu kommen.

Mbulu robbte sich in einiger Entfernung an den Soldaten vorbei, bis er außer Sichtweite war. Dann rannte er ein Stück genau in die entgegengesetzte Richtung von jener Stelle, wo Gnanaguru im Gebüsch lag.

Er musste eine völlig falsche Spur legen.

„Hoffentlich gibt's hier keine Minen!", betete Mbulu.

Als er weit genug von den Soldaten weg war, legte er den Sicherungshebel seines Gewehrs um und schoss mehrmals in die Luft.

Dann begann er laut zu schreien und schob wieder eine Salve ab.

„Klack, klack!", machte die Waffe, denn Mbulu hatte sein Magazin leergeschossen.

Da hörte er bereits die Schritte der herbeieilenden Soldaten.

„Vorsicht!", schrie einer der Soldaten. „Der Rebellenhund wird sofort auf uns feuern, bleibt in Deckung!"

„Hier bin ich!", rief Mbulu, so laut er konnte.

18. Die Wahrheit

Die ärztliche Untersuchung von Martin Monograta brachte erschreckende Erkenntnisse. Der Tumor hatte sich an einer äußerst schwer zugänglichen Stelle im Gehirn eingenistet, und die einzige Möglichkeit, die noch blieb, war eine lebensgefährliche Operation. Dieser komplizierte Eingriff konnte allerdings nur von wenigen Spezialisten durchgeführt werden.

Dr. Huber war bemüht, Gloria die Einzelheiten der Erkrankung zu erklären und dabei so behutsam wie nur möglich zu sein. Er versuchte sich um konkrete Aussagen zu drücken und erging sich in ausschweifenden Erklärungen.

Doch Gloria war nicht der Typ Mensch, der langes Herumreden besonders schätzte. „Bitte, sag mir im Klartext die Wahrheit", flehte sie den Arzt an. „Ich will wissen, welche Möglichkeiten es gibt und ob eine Chance besteht, dass Martin wieder völlig gesund wird."

„Ja, Gloria", sagte der Arzt, „es besteht eine Möglichkeit." Dann machte er eine Pause, um hörbar durchzuatmen. „Doch diese Chancen sind äußerst gering. Es ist nicht nur der Tumor, der uns Probleme bereitet, sondern es gibt auch noch eine andere große Schwierigkeit."

„Welche weitere Schwierigkeit? Was ist denn noch los mit meinem Kind?", fragte Gloria mit vor Panik zitternder Stimme.

„Es ist zu befürchten, dass Martin nach der Operation blind sein wird. Wir können durch die Entfernung des Tumors vielleicht sein Leben und eventuell seine Intelligenz retten, aber wohl kaum sein Augenlicht. Das ist die ganze bittere Wahrheit."

Gloria wurde es schwarz vor Augen, und sie konnte sich kaum auf den Beinen halten. Innerhalb weniger Stunden hatte sich ihr wunderbares Leben in einen Albtraum verwandelt.

Zuerst hatte Martin die wahre Tätigkeit seines Vaters entdeckt, nun der Schicksalsschlag im Sanatorium.

„Ich will, dass alles unternommen wird, damit mein Sohn wieder normal leben kann. Ich will alles, alles dafür tun. Bitte, bitte, helft mir. Ich will den besten Spezialisten, den es auf der Welt gibt." Glorias Nerven hielten die Belastung nicht mehr aus. Sie schlug wild um sich und hämmerte verzweifelt mit beiden Händen auf den Brustkorb des Arztes. „Bitte, bitte, helft mir, bitte, helft meinem Sohn! Er darf nicht bestraft werden."

„Wofür soll ein so netter junger Mann wie dein Sohn bestraft werden?", fragte Dr. Huber verdutzt.

Gloria hatte sich wieder in der Gewalt. „Entschuldige bitte", sagte sie leise, „ich bin mit meinen Nerven am Ende und rede wahrscheinlich viel Unsinn."

Schluchzend klammerte sich Gloria an den Arzt, und es dauerte einige Zeit, bis sie so weit beruhigt war, dass sie nach Hause zu Laura gebracht werden konnte.

Dort versuchte Gloria sofort, ihren Mann in Paris anzurufen, doch bei der angegebenen Stelle war nur der Anrufbeantworter des Büros eingeschaltet. Gloria hinterließ eine Nachricht, dass Frank sie sofort zurückrufen sollte.

Doch Frank war in Marseille und nicht – wie offiziell angegeben – in Paris.

Von Geschäftsreisen rief er nie an, das war ihm zu gefährlich, denn er befand sich meist in einer anderen Stadt als zu Hause angegeben.

Frank war in großartiger Stimmung. Nachdem Boris sie verlassen hatte, diskutierte er mit Peter Lester noch einige Zeit über die verschiedenen Möglichkeiten, wie ihr neuestes Produkt – die Laserwaffe – zu den Kriegsschauplätzen in Afrika, Asien und Lateinamerika transportiert werden konnte. Sie entwickelten dabei am Ende die Idee, diesen Blend-Laser beim Zoll einfach als medizinisches Gerät zur Augenuntersuchung zu deklarieren. Da gab es dann überhaupt keine Probleme mehr, und sie mussten auch weniger Bestechungsgeld für den Transport ausgeben. „Wir sind schon großartig", sagte Frank und klopfte seinem Partner anerkennend auf die Schulter.

Anschließend schlenderten sie in ihr Hotel zurück. Frank genehmigte sich einen Whisky als Schlummertrunk und ging dann zu Bett. Er schlief hervorragend.

Am nächsten Morgen duschte er sich und genoss dann mit Peter Lester ein wunderbares Frühstück.

Frank hatte den kleinen Lederkoffer mit den Messingbeschlägen mitgebracht und öffnete ihn. Gestern am Abend war er einfach zu müde gewesen um nachzuschauen. In dem Koffer waren zwei in Geschenkpapier eingewickelte Pakete. Auf einem der Pakete stand der Name von Frank, auf dem anderen der von Peter.

„Das ist ja wie Geburtstag", sagte Frank lachend und begann das Geschenkpapier aufzureißen. In dem Paket befanden sich eine große Dose russischer Kaviar von bester Qualität und eine Diskette.

Die Diskette hatte eine kurze Aufschrift, die lautete: „Für den besseren Durchblick". Frank ignorierte die böswillige Zweideutigkeit dieser Bezeichnung.

Auf der Diskette waren alle wichtigen Fakten im Zusammenhang mit dem Blend-Laser enthalten, angefangen von der technischen Spezifikation bis zu Angaben über Reichweite und Handhabung. Selbstverständlich waren auf der Diskette ebenso die wirtschaftlichen Details angegeben. Die russischen Partner hatten tatsächlich ganze Arbeit geleistet und auch alle Daten über die lieferbaren Mengen, den Verkaufspreis und die Zahlungsmodalitäten genannt.

„Sinn für Humor haben unsere russischen Freunde", bemerkte Peter Lester trocken, als er die Kaviardose mit dem Blick des Feinschmeckers betrachtete, „die Aufschrift ‚Für den besseren Durchblick' auf der Diskette ist wirklich grausam. Ich hoffe nur, dass wir nie Probleme mit den Kerlen kriegen. Wir beide würden es nicht überleben, die verstehen garantiert keinen Spaß."

„Warum sollen wir Probleme kriegen?", fragte Frank. „Wir sind ehrenhafte Geschäftsleute, die sich an Vereinbarungen halten, wenn die Kassa stimmt. Ich glaube nicht, dass wir Schwierigkeiten haben werden."

Nach dem Frühstück bezahlten Frank und Peter die Hotelrechnung.

Anschließend gingen sie zum Parkplatz, legten ihre Reisetaschen in die unauffälligen Leihautos und schlenderten zu den Lagerhallen beim Hafen.

Die Verladung der Minen und Handgranaten, die offiziell als „medizinische Güter" deklariert waren, funktionierte problemlos. Es war zur Sicherheit ja auch genügend Schmiergeld bezahlt worden, und da wurde diese Ware dann eben nicht kontrolliert.

Frank war glücklich. Er klopfte Peter anerkennend auf die Schulter. „Wieder ein Deal unter Dach und Fach!"

Die beiden Partner grinsten einander an, und Peter Lester sagte: „Jetzt starten wir erst richtig durch, mein Lieber. Jetzt kommen weitere wunderbare Milliönchen auf dein und mein Konto. Der Blend-Laser wird ein Hit, denn die Nachfrage nach dem Ding ist mit Sicherheit enorm."

Peter und Frank blieben einige Zeit in der Nähe des Hafens stehen und wiederholten zur Sicherheit noch einmal die am Abend besprochenen Details. Sie vereinbarten, dass sie innerhalb der nächsten Woche abklären würden, wie viel Blend-Laser von den diversen Kampfgruppen gewünscht wurden.

„Na, dann werden wir ab morgen nach Afrika, Asien und Lateinamerika faxen, bis der Apparat glüht", sagte Peter zum Abschied.

Er musste jetzt dringend weg, denn er hatte noch einen wichtigen Termin mit einem Spezialisten. Um genau zu sein, er traf sich mit einem Weinhändler, der ganz in der Nähe seine Zentrale hatte. Für Peter, den Feinschmecker, standen dort einige Kisten erlesener Weine zur Abholung bereit.

Frank fuhr direkt zum Privatflughafen. Er parkte den Renault wieder an jener Stelle, an der er das Fahrzeug in Empfang genommen hatte. Den Zündschlüssel und die Papiere legte er wie üblich in das Handschuhfach.

Frank fühlte sich wohl wie schon lange nicht. Er ließ sich entspannt in die Polster des Flugzeugsessels fallen, und wenig später hob die Cessna ab.

Frank freute sich, dass er seine Familie in Kürze wiedersehen würde.

Es war jedes Mal ein herrliches Gefühl, wenn er Gloria und die Kinder nach dem erfolgreichen Ende eines Geschäfts in die Arme schließen konnte.

In Paris ließ er sich auf direktem Weg zum Flughafen „Orly" bringen. Kurz überlegte er, ob er nicht doch sein Versprechen brechen und Laura das gewünschte Rosenblattparfum mitbringen sollte, aber dann verzichtete er doch auf den Kauf. Er hätte Laura das Parfum zu Hause natürlich geheim geben können, aber es war nicht anzunehmen, dass sie den Mund halten konnte. Wenn sich dann seine Tochter verplapperte, hatte er Krieg mit Gloria, und ihm stand nicht der Sinn nach interfamiliärer Auseinandersetzung.

Es würde eben ausnahmsweise diesmal tatsächlich keine Mitbringsel geben. Frank tat sich selbst ein wenig Leid. Er fühlte sich ausgezeichnet und war in einer Stimmung, in der er so gerne für Gloria und die Kinder Geschenke eingekauft hätte.

„Vielleicht geht sich heute am Abend ein Squashspiel mit den Kindern und Gloria aus", dachte er, als die Maschine in Paris abhob. Zufrieden lächelnd las er in einer Zeitung und blickte nur hin und wieder durch das kleine ovale Fenster des Flugzeuges auf die vorbeiziehenden Wolkenformationen unter ihm. Frank konnte es gar nicht mehr erwarten, seine Familie wieder zu sehen.

19. Der Held

Mbulu wusste, dass er jetzt keinen Fehler machen durfte. Er musste von den heraneilenden Soldaten unbedingt erkannt werden. Wenn sie ihn für einen Rebellen hielten, würden sie sofort das Feuer eröffnen. Alles nach dem eintrainierten Motto: Zuerst schießen und dann erst fragen.

Mbulu blieb stehen und hob beide Hände. Als die Soldaten nahe genug waren, schleuderte er sein Gewehr weit von sich und rief: „Stop! Nicht schießen! Ich habe Rebellen gejagt! Ich bin einer von euch! Ich bin Regierungssoldat! Ich bin ein Kinderkiller."

Misstrauisch, mit der Waffe im Anschlag, näherten sich die Soldaten. Da erst fiel Mbulu auf, dass er gar kein olivgrünes T-Shirt mehr trug. So, wie er nun dastand – mit nacktem Oberkörper -, hätte er genauso gut einer der Rebellen sein können. Aber Mbulu hatte Glück.

Keiner der Regierungssoldaten betätigte den Abzug seiner Waffe. Mehrere Männer schalteten ihre Handscheinwerfer ein, um dem Buben ins Gesicht zu leuchten.

Einer der Soldaten erinnerte sich offenbar an das Gesicht des kleinen Kriegers und rief: „Tatsächlich, das ist einer unserer Njamas."

Erleichterung bei Mbulu und den Soldaten.

„Wo kommst du denn her?", fragte ihn der Unteroffizier.

Mbulu nahm Haltung an und salutierte unbeholfen. Dann begann er zu lügen: „Ich habe zwei Rebellen verfolgt und sie dann aus den Augen verloren. Ich war aber sicher, dass sie sich irgendwo verkrochen hatten und habe mich deshalb auf die Lauer gelegt, um sie doch noch zu erwischen. Als sich die Rebellen aus den Schlupflöchern wagten, habe ich geschossen, doch leider hatte ich zu wenig Munition bei mir." Mbulu war stolz auf seine erlogene Geschichte, und an dem breiten Grinsen der Soldaten konnte er erkennen, dass sie ihm die Story glaubten.

„Komm jetzt mit ins Camp, Njama, du bist sicher müde. Wir jagen die Rebellen morgen, wenn es hell ist", sagte der Unteroffizier und klopfte Mbulu freundlich auf die Schulter.

Gemeinsam kehrten die Soldaten mit Mbulu in das Camp zurück. Einige Soldaten waren noch damit beschäftigt, eine große Grube auszuheben. In dieses Massengrab würden dann die gefallenen Soldaten und auch die Rebellen gemeinsam gelegt werden.

Mbulu überfiel eine unsagbare Traurigkeit. Er musste an Zidam denken, der sein junges Leben sinnlos als Kindersoldat vergeudet hatte und der auch schon bald in dieser Grube liegen würde. Mbulu wäre gerne tapfer gewesen. Aber er war zu schwach und viel zu erschöpft, um die Tränen zu verhindern. Seine Augen taten ihm weh. Da die Rebellen bei der Flucht auch ihre Vorräte zurückgelassen hatten, gab es für die Eroberer nun genügend Nahrungsmittel für ein ausreichendes Abendessen. Auch Mbulu wurde verpflegt.

Niemand interessierte sich sonderlich für seine Geschichte. Nur einer der Unteroffiziere erklärte den anwesenden Soldaten kurz, dass Mbulu ein echter Held sei, weil er so tapfer die Rebellen verfolgt hatte. Das war alles.

Mbulu setzte sich neben das Feuer, das in der Mitte des Camps loderte, und aß seine Portion Reis. Während des Essens gähnte Mbulu mehrmals auffallend und machte somit jedem verständlich, wie müde er war. Es wurde akzeptiert, dass sich der Njama Mbulu bald darauf hinter einem kleinen geflochtenen Verschlag in eine Decke hüllte, um zu schlafen. Dass dieser Verschlag gleich neben dem Sanitätszelt war, fiel niemandem auf.

Es dauerte Stunden, bis Mbulu sicher sein konnte, dass alle Soldaten – mit Ausnahme der Wachen – schliefen. Leise erhob sich der Bub von seinem Lager und schlich sich in das Sanitätszelt. Vorsichtig öffnete er den Verschluss des Eingangs und schlüpfte in das Innere des Zeltes. Die Ausstattung des Sanitätszeltes war – wie üblich – äußerst dürftig. Man rechnete nicht damit, dass es nach Kämpfen viele Verletzte zu versorgen geben würde. Gegner, in diesem Fall also Rebellen, wurden sowieso meist kurzerhand erschossen. Für die brauchte man also gar kein Sanitätszelt. Auch bei den Soldaten gab es nach den Kämpfen meist keine Verletzten, denn man hatte entweder relativ unbeschadet überlebt oder war durch Minen, Handgranaten oder Schüsse so schwer verletzt worden, dass ohnehin jede Hilfe zu spät kam. Üblicherweise gab es in so einem Sanitätszelt nur Verbandsmaterial, Desinfektionsmittel, schmerzstillende Tabletten und einige wenige medizinische Werkzeuge für das Behandeln und Nähen von Wunden.

So dauerte es nicht lange, bis Mbulu im Zelt alles gefunden hatte, was er suchte. Er packte Verbandsmaterial und Desinfektionsmittel in einen Sack. Ein Missionar hatte ihm einmal beigebracht, dass man Wunden mit Desinfektionsmittel reinigen musste, um eine Entzündung zu vermeiden. Von der Existenz schmerzstillender Tabletten wusste Mbulu nichts. Niemand hatte ihm je erzählt, dass es so etwas gab. Deshalb nahm er kein einziges dieser für Gnanaguru so wichtigen Medikamente mit.

Leise versuchte Mbulu das Sanitätszelt wieder zu verlassen, und beinahe wäre er dabei von einem der Wachesoldaten entdeckt worden.

Doch Mbulu hatte Glück. Er konnte unbeobachtet zu seinem Verschlag kriechen und sich auf die Decke kauern. Jetzt kam der schwierigste Teil. Er musste es schaffen, das Camp unbemerkt zu verlassen.

Die Situation wurde durch die sternenklare Nacht erschwert, in der man ihn schon aus großer Entfernung deutlich sehen konnte. Außerdem gab es nur einen Weg, aus dem Camp wegzukommen. Er musste jene Schneise benutzen, auf der der Angriff erfolgt war. Logischerweise war dort die Wahrscheinlichkeit, auf eine Mine zu treten, am geringsten.

Mbulu durfte nicht mehr viel Zeit verlieren. In wenigen Stunden schon würde es wieder hell werden, und dann existierte überhaupt keine Gelegenheit mehr zur Flucht. Vorsichtig kroch er hinter dem Verschlag hervor und presste den Sack mit Desinfektionsmitteln und Verbandsmaterial an seinen Körper. Jede Deckung ausnützend, kam er ungesehen zum Rand des Camps. Vor ihm lag der minenfreie Weg zur Anhöhe. Die Toten hatte man schon weggebracht, und nur die ausgeglühten Reste des Kommandantenfahrzeuges waren zurückgelassen worden. Oben auf der Anhöhe war ein Wachtposten aufgestellt.

Mbulu hockte sich auf den Boden und kauerte sich zusammen. Erst jetzt wurde ihm bewusst, wie kalt es ihm war.

Seine Augen tränten, und er musste sie fest reiben, um wieder klar sehen zu können. Langsam stand er auf und ging vorsichtig die minenfreie Strecke hinauf zur Anhöhe. Erst als er schon auf halber Höhe war, fiel ihm auf, dass er sein Gewehr im Verschlag zurückgelassen hatte. Jetzt war es zu spät, es zu holen.

Mbulu hatte unfassbares Glück.

Der Wachesoldat tat gerade etwas Verbotenes. Er war ein Stück in die Savanne hinausgegangen, um eine Zigarette zu rauchen. Dies war Wachen streng untersagt, deshalb hatte sich der Soldat auch von jener Stelle entfernt, wo man vom Lager aus den kleinen rot glühenden Punkt hätte bemerken können.

Mbulu wurde nicht entdeckt. Er lief in gebückter Haltung zu einem Busch und verkroch sich im Schutz der Dunkelheit.

Er konnte es kaum glauben, aber er hatte es tatsächlich geschafft. Das letzte Stück des Weges zu Gnanaguru war nicht mehr schwirig zu bewältigen.

Mbulus Freund saß zusammengekauert auf dem Boden und war bewusstlos geworden. Gnanaguru hatte bereits Schüttelfrost, und immer wieder zuckte der geschundene Körper zusammen. Es war ein Wunder, dass Gnanaguru nicht vor Schmerzen laut schrie. Das Aststück, das die Schreie verhinderte, hatte er noch immer zwischen den Zähnen.

Mbulu nahm den fast durchgebissenen Ast aus Gnanagurus Mund und steckte ihm ein Stück Stoff als Knebel zwischen die Zähne.

Er säuberte die Wunde mit dem Desinfektionsmittel und legte dann – so gut es in der Dunkelheit eben ging – einen neuen Verband an. Erst jetzt fiel Mbulu ein, dass er auch vergessen hatte, eine gefüllte Wasserflasche mitzunehmen.

Noch einmal konnte Mbulu nicht ins Lager zurückgehen, um Wasser zu holen. Vielleicht war ein Fluss in der Nähe. Das würde sich bei Tagesanbruch, also in wenigen Stunden, herausstellen.

Mbulu wollte selbst nichts trinken, denn die geringe noch verbliebene Wassermenge in der Flasche musste er für seinen verletzten Freund aufsparen.

Wie betäubt trug Mbulu seinen Freund. Mehrmals musste er ihn absetzen und selbst ein wenig rasten. Wie gerne hätte Mbulu aus der Wasserflasche ein paar Tropfen getrunken. Aber das war unmöglich. Gnanaguru brauchte Wasser viel dringender als er.

Mbulus Augen begannen wieder zu tränen, und er musste lange mit den Händen reiben, bis er schließlich einigermaßen klar sehen konnte.

Als der Tag anbrach, hatten sich die beiden Buben weit genug vom Camp entfernt.

20. Ich vergolde jede Sekunde

Frank Monogratas Maschine war pünktlich angekommen. Da er nur seine kleine Reisetasche als Handgepäck mitgehabt hatte, konnte er schnurstracks durch die Abfertigung gehen. Gleich würde er Gloria in die Arme schließen. Vielleicht waren die Kinder mitgekommen? Auf jeden Fall war es schön, wieder zu Hause zu sein.

In der Abfertigungshalle hielt Frank nach Gloria Ausschau. Er hatte ihr doch bei der Abreise mitgeteilt, wann er wieder abzuholen war. Doch weit und breit war niemand zu sehen. Na ja, sie würde schon kommen. Vielleicht hatte es wieder diesen Verkehrsstau in der Stadt gegeben, oder Gloria war schlicht und einfach zu spät von daheim weggefahren.

Frank schlenderte zu einem Stehcafe und bestellte sich einen Cappuccino. Er blätterte ein wenig in der Zeitung und behielt dabei immer den Eingang der Abfertigungshalle im Auge.

Doch Gloria kam nicht. Frank wurde nun doch leicht nervös, und nach etwa einer halben Stunde riss ihm der Geduldsfaden. Er zückte sein Handy und rief daheim an. Es dauerte einige Zeit, bis sich jemand meldete. Laura war am Apparat.

„Hallo, mein Schatz, dem ich diesmal kein Rosenblattparfum mitbringen durfte", meldete sich Frank.

„Hi, Dad", sagte Laura, und ihre Stimme klang nicht gerade begeistert. Irgendetwas war anders als sonst. Frank begann stutzig zu werden.

„Was ist denn mit dir los?", fragte er besorgt.

„Ich bin schon o. k., aber sonst ist nichts mehr so, wie es früher war", murmelte Laura relativ leise.

Frank spürte nun plötzlich ein nervöses Kribbeln in der Magengegend und fühlte sich überhaupt nicht mehr wohl. Verflogen war die positive Stimmung, nun endlich wieder daheim zu sein.

„Jetzt sag mir endlich, was passiert ist", rief er ungehalten ins Telefon, denn diese langsame und leise Stimme von Laura machte ihn rasend.

„Martin ist im Sanatorium und sehr, sehr krank. Außerdem ..."

„Ja, was noch?", drängte Frank, aber Laura gab keine Antwort. Sie wollte ihrem Vater am Telefon nicht die Geschichte von der Entdeckung der Papiere im Schreibtisch erzählen. Er würde es schon noch rechtzeitig erfahren, dass sie nun wussten, auf welch miese Weise Frank Monograta das viele Geld verdiente.

„Wo ist deine Mutter?"

„Sie war kurz daheim bei mir und ist jetzt natürlich wieder bei Martin", murmelte Laura noch eine Spur trauriger.

Frank rannte, so schnell er konnte, zum Taxistand.

Er stieg in das Taxi ein und gab dem Fahrer gleich zu Beginn ein fürstliches Trinkgeld, denn er wollte so schnell wie möglich ins Sanatorium gebracht werden.

Während der Fahrt ins Sanatorium hatte Frank Zeit, seinen Gedanken nachzuhängen. Plötzlich erschien ihm alles, was er in den letzten Tagen getan hatte, so völlig unnütz.

Die verdiente Million, die jetzt wieder auf das ohnehin pralle Konto geflossen war, was war das schon im Vergleich zur Gesundheit seines Sohnes? Welche Bedeutung hatte jetzt noch die Mathematikschularbeit, vor der sich Martin so gefürchtet hatte?

„Ich bin ein brauchbarer Vater", redete Frank sich ein, „ich sorge, so gut ich kann, für meine Familie, ich biete ihnen alles, was sie sich wünschen. Ich darf mir selbst keine Vorwürfe machen, denn andere Väter sind auch und viel länger als ich auf Geschäftsreise."

Die Ware, mit der er handelte, die hatte ihn noch nie belastet. Ihm war es völlig egal, dass er das viele Geld mit Landminen und Handgranaten verdiente. Er verkaufte dieses Zeug nur, das war sein Job. Was die Empfänger damit machten, darauf hatte er überhaupt keinen Einfluss, das interessierte ihn auch nicht.

Als das Taxi mit Frank Monograta vor dem Sanatorium hielt, waren im Besprechungszimmer die Ärzte gerade damit beschäftigt, eine erste Analyse der Befunde vorzunehmen.

Die ursprüngliche Prognose von Dr. Huber war leider völlig richtig gewesen und durch die Computertomographie bestätigt worden.

Martin hatte einen Tumor im Gehirn, und die Operation würde schwierig werden. Weltweit gab es nur wenige Spezialisten, die es überhaupt wagten, einen solchen Eingriff vorzunehmen.

Gloria saß neben Dr. Huber und hörte schweigend zu.

Frank traf bereits im Eingangsbereich auf eine Krankenschwester, die ihm sagen konnte, wo sich Gloria, Dr. Huber und die übrigen Ärzte befanden. Er hetzte die Stiege hinauf und platzte ohne anzuklopfen in das Besprechungszimmer.

„Gut, dass du da bist, Frank", sagte Dr. Huber mit ernster Miene, „dann kann ich mit euch beiden gleich besprechen, wie wir weiter vorgehen."

Frank sah Gloria neben dem Arzt sitzen und eilte auf sie zu, um sie zu umarmen und ihr den üblichen Begrüßungskuss auf die Wange zu drücken.

Aber Gloria drehte sich abrupt weg, als sich ihr Mann näherte. „Bitte, lass mich!", fauchte sie ihn an.

Jedem im Raum – auch Frank – war klar, dass Glorias Verhalten nicht nur mit dem kritischen Gesundheitszustand von Martin zusammenhängen konnte.

„Bitte, Gloria, nimm dich zusammen. Wir werden alles versuchen, dass Martin geholfen werden kann. Was ist denn in dich gefahren?" Frank schaute Gloria zärtlich an, die jedoch keine Reaktion zeigte und Bruchteile von Sekunden später weinend zusammensank. „Ich kann nicht mehr. Ich kann einfach nicht mehr", stammelte sie immer wieder.

Frank stürzte auf sie zu und wollte sie in die Arme nehmen, um sie zu trösten, aber Gloria stieß ihn weg.

„Lass mich in Ruhe, an deinen Händen klebt Blut", schrie sie hysterisch. Sie sprang auf und wollte sich auf Frank stürzen, aber zwei der Ärzte hielten sie zurück.

Um die Situation zu retten, musste Dr. Huber eingreifen. Er nahm Gloria in die Arme und sprach beruhigend auf sie ein. Nach einiger Zeit hatte sie sich wieder gefasst und blieb zusammengesunken auf ihrem Sessel sitzen.

Zu Frank gewandt sagte Dr. Huber: „Bitte, versuche sie zu verstehen. Es sind sicher nur die Nerven. Die letzten Stunden waren einfach zu viel für sie. Wir werden sie heute Nacht auf jeden Fall hier im Sanatorium behalten. Sie soll bei Martin im Zimmer schlafen, das ist sicher gut für beide."

Gloria wurde, gestützt auf eine Krankenschwester, aus dem Raum gebracht. Als sie zu Martin ins Zimmer kam, hatte sie sich so weit beruhigt, dass sie wieder einigermaßen klar denken konnte.

Jetzt ging es nur um die Zukunft ihres Sohnes.

Alle Bemühungen mussten darauf ausgerichtet sein, Martin wieder gesund zu machen.

Die Tatsache, dass ihr Mann sie die ganze Zeit über belogen hatte, war für sie jetzt nicht wichtig. Was jetzt zählte, war einzig und allein die Frage, wie Martin wieder gesund werden konnte.

Gloria setzte sich neben ihren Sohn, der schon eingeschlafen war, und streichelte vorsichtig sein Gesicht.

Dann legte sie sich in ihr Bett. Schlafen konnte sie nicht, dazu war sie mit viel zu vielen Gedanken beschäftigt. Erst als ihr eine Krankenschwester ein Beruhigungsmittel verabreichte, schlief Gloria ein.

Dr. Huber erklärte inzwischen Frank in groben Zügen die Ergebnisse der Untersuchung. Martin hatte einen Tumor im Gehirn, der sich an einer äußerst kritischen Stelle befand. Es konnte überhaupt nicht gesagt werden, ob eine Operation erfolgreich sein würde. Nicht klar war auch, ob Martin bleibende Gehirnschäden davontragen würde.

„Dann ist da noch etwas", sagte Dr. Huber zum Abschluss des Gesprächs, „wir müssen davon ausgehen, dass dein Sohn nach der Operation blind sein wird. Das wird sich wahrscheinlich trotz aller Bemühungen der Spezialisten nicht vermeiden lassen."

Frank starrte den Arzt an.

Jetzt war er nahe daran, die Nerven zu verlieren.

Er sprang von seinem Platz auf und brüllte: „Ich will alles tun, was in meiner Macht steht! Ich will den besten, den allerbesten Spezialisten, nein, ich will alle diese Spezialisten in einem großen Team haben. Ich möchte, dass alle diese Spezialisten sofort eingeflogen werden. Ich bezahle alles, ich vergolde den Ärzten jede Sekunde, die sie für meinen Sohn aufwenden, wenn sie ihm nur helfen."

„Es ist nicht nur eine Frage des Geldes, Frank", sagte Dr. Huber und legte ihm die Hand auf die Schulter, „wir brauchen sehr viel Glück und wohl auch den Beistand Gottes, damit wir Martin retten können. Jetzt überlegen wir uns einmal, wie wir weiter vorgehen, denn es steht eindeutig fest, dass dein Sohn nicht hier in diesem Sanatorium operiert werden kann. Dazu sind wir nicht ausgestattet. Dein Sohn braucht eine ganz besondere Klinik."

Dr. Huber schlug vor, sofort – also noch in dieser Nacht – den Kontakt mit den besten Gehirnspezialisten herzustellen. Es durfte keine Zeit verloren werden.

Nur wenn alles rasch ging, hatte Martin überhaupt eine Chance. Sobald geklärt war, welcher Arzt den Eingriff wagen würde, konnten die nächsten Schritte geplant werden.

Dr. Huber brachte Frank zur Tür: „Für heute kannst du nichts mehr tun. Fahr nach Hause und ruhe dich ein wenig aus. Morgen in der Früh sehen wir weiter. Martin wird dann auch wieder ansprechbar sein, und Gloria dürfte sich auch beruhigt haben."

Die beiden Männer hatten den Raum schon fast verlassen, als Dr. Huber sich noch einmal umdrehte.

Er sah, dass Frank seine Reisetasche und den edlen Aktenkoffer vergessen hatte. „Bitte, nimm deine Geschäftspapiere mit nach Hause, denn trotz der schweren Erkrankung deines Sohnes geht das Leben ja weiter. Du kannst ja deswegen nicht alles hinschmeißen und deine Geschäfte aufgeben."

Er gab Frank lächelnd den Aktenkoffer, jenen Aktenkoffer, der ihm in Marseille von Boris übergeben worden war.

Als Frank Monograta das Sanatorium verließ, in dem ihm gerade mitgeteilt worden war, dass sein Sohn durch die Operation wahrscheinlich das Augenlicht verlieren würde, schaffte er zum ersten Mal einen Zusammenhang zwischen der unscheinbaren Diskette, die sich in der Ledertasche befand, und der Befundanalyse über sein Kind, die er vor wenigen Minuten gehört hatte.

Erst jetzt, in dieser so verzweifelten Situation, wurde ihm klar, dass er alle Unterlagen zum Blend-Laser, der völlig unschuldige Menschen ihres Augenlichtes beraubte, bei sich trug.

Ausgerechnet er war es, der ab nun diesen Blindmacher auf der ganzen Welt verkaufen wollte. Ausgerechnet er sollte mit dieser hinterhältigen Waffe Millionen verdienen.

Zum ersten Mal seit langer Zeit regte sich so etwas wie ein Gewissen in Frank Monograta. Als er ins Taxi stieg, war ihm noch nicht bewusst, welche weiteren schockierenden Erkenntnisse zu Hause noch auf ihn warteten.

21. In letzter Minute

Mbulu hatte kaum noch Kraft in den Beinen. Er machte im Schatten eines großen Baumes kurz Rast und kontrollierte den Verband auf Gnanagurus Bein. Mbulu verstand nichts von Medizin, aber ihm war klar, dass sein Freund bald einen Arzt brauchen würde, sonst war es zu spät. Gnanaguru stöhnte vor Schmerzen und war die meiste Zeit ohne Bewusstsein.

Da hörte Mbulu in der Ferne das Dröhnen von Motoren. Er musste sich verstecken und auch Gnanaguru in Sicherheit bringen. Mbulu raffte sich auf und hob seinen schwer verletzten Freund auf seine Schulter. Dann rannte er zu einem Gebüsch in der Nähe.

Das Geräusch der Fahrzeuge wurde immer lauter.

Erst jetzt fiel ihm auch auf, dass er das Gewehr zurückgelassen hatte. Aber ein Gewehr hätte ihm in dieser Situation ohnehin nichts genützt. Keuchend und voller Angst blickte er durch das Gestrüpp.

Tatsächlich. In den Fahrzeugen, die sich ihrem Versteck nun schon gefährlich näherten, waren die Soldaten von Mbulus Regiment. Offenbar hatten sie die Suche nach Rebellen aufgegeben und befanden sich auf dem Rückzug in die Garnison.

Als sie am Tag vorher auf dem Weg zum Rebellencamp gewesen waren, hatte auf dem Lkw, der die Kindersoldaten transportierte, großes Gedränge geherrscht. Nun war die Ladefläche fast leer. Die meisten von Mbulus Kameraden waren durch Minen getötet worden.

Mbulu konnte erkennen, dass der Laster, der die erwachsenen Soldaten transportierte, noch gut besetzt war.

Da – eines der Fahrzeuge blieb stehen.

Das Gewehr, das Mbulu vergessen hatte, war gefunden worden. Ein Unteroffizier stieg aus und hob die Waffe auf. Er schaute ratlos um sich und wollte schon wieder in sein Fahrzeug steigen, als sein Blick bei dem Gebüsch hängen blieb. Langsam ging er darauf zu.

Mbulu schloss die Augen. „Jetzt ist alles aus", dachte er sich. Er sah zu Gnanaguru, der wieder bewusstlos geworden war und von der ganzen Situation nichts mitbekam.

Der Unteroffizier blieb in einiger Entfernung stehen. Langsam hob er das Gewehr und feuerte eine Salve in das Gestrüpp vor sich. Zum Glück hatte er nicht in jene Richtung gezielt, wo sich Mbulu und sein Freund verborgen hielten. Nur einige Vögel wurden aufgeschreckt und flogen kreischend davon.

Grinsend ging der Soldat zurück zu seinem Fahrzeug und gab das Zeichen zur Weiterfahrt. Wenig später war selbst die Staubwolke nicht mehr zu sehen.

Die beiden Buben umgab nun wieder Stille. Sie waren allein in diesem entlegenen Landstrich zurückgeblieben.

Mbulu musste Gnanaguru nun unbedingt zu trinken geben, aber in der Wasserflasche war nur noch ein kleiner Rest. Es war nötig, mit diesen paar Tropfen besonders sparsam umzugehen. Mbulu benetzte deshalb nur die aufgeplatzten und verkrusteten Lippen seines Freundes, aber das alles brachte Gnanaguru kaum Linderung.

Die Situation der beiden Buben war nun völlig hoffnungslos. Gnanagurus Verletzung erforderte dringend einen Arzt, und den gab es in dieser Gegend nirgends. Sie hatten kein Gewehr mehr, nichts zu essen, und ihr Wasservorrat war fast verbraucht.

Mbulu musste seine ganze restliche Energie aufbringen, um nicht aufzugeben.

Er war allerdings so erschöpft, dass er kaum noch einen klaren Gedanken fassen konnte. Krampfhaft bemühte er sich um eine rettende Idee, aber die Situation war tatsächlich ohne jede Hoffnung.

Mbulus Augen schmerzten wieder, und das Reiben mit den staubverkrusteten Händen brachte keine Linderung. Er nahm seine Umwelt in immer kürzeren Abständen wie durch einen Schleier wahr, dann besserte sich allerdings die Situation, und er konnte wieder einigermaßen klar sehen. Trotzdem, seine Augen machten ihm Sorgen, aber das war gegenwärtig kein dringendes Problem. Jetzt ging es einzig und allein darum, einen Weg zu finden, wie sie überleben konnten.

Mbulu blieb im Gestrüpp hocken und nahm Gnanaguru in seine Arme. Wie gerne hätte er seinem Freund geholfen.

Vor Erschöpfung nickte auch Mbulu ein. Als er wieder wach wurde, begann die Dämmerung über das Land zu ziehen. Mbulu musste mehrere Stunden geschlafen haben. Nun war es zu spät, um weiterzuziehen. In der Nacht war es außerhalb der schützenden Dornen des Gestrüpps viel zu gefährlich, vor allem wegen der Löwen und der Schakale. Die beiden Buben wären ohne jede Waffe eine leichte Beute für die Raubtiere gewesen. Außerdem, wohin sollten sie auch gehen?

Mbulu kontrollierte den Verband von Gnanaguru, der dringend hätte gewechselt werden müssen. Der Zustand seines Freundes verschlechterte sich zusehends. Der Verband war nun blutdurchtränkt und zog bereits Fliegen magisch an. Das verletzte Bein begann sich schwarz zu färben.

Mbulu wusste, dass sie nur noch wenig Zeit hatten. Morgen musste er Hilfe finden.

Mit dem letzten Rest des Wassers aus der Flasche benetzte Mbulu neuerlich die Lippen seines Freundes. Ihn selbst quälte rasender Durst, aber es gab nichts zu trinken. Auch Mbulus Lippen waren angeschwollen und an einigen Stellen aufgeplatzt.

Die Nacht war furchtbar. Mbulu konnte nicht schlafen, und immer wieder glaubte er, in der Nähe ein Rudel Löwen zu sehen. Die Tiere schlichen um das Dornengebüsch. Er hörte das Brüllen der Tiere ganz deutlich.

Als der Morgen graute, sammelte Mbulu möglichst viele taunasse Blätter und schleckte sie ab. Dies war die einzige Möglichkeit, um wenigstens geringe Mengen Flüssigkeit aufzunehmen. Da die Blätter staubig waren, brachte dieser verzweifelte Versuch kaum Linderung, sondern machte die Kehle auch staubig und noch trockener. Gnanaguru hatte hohes Fieber und war viel zu erschöpft, um die Blätter abzulecken.

Mbulu überlegte krampfhaft, wie er seinen Freund retten konnte, aber er fand keine Möglichkeit. Es war alles so hoffnungslos.

Plötzlich wurde Mbulu aus seinen Gedanken gerissen. Er hörte Stimmen.

Vorsichtig spähte er aus dem Gestrüpp und sah eine größere Menschenmenge in einiger Entfernung vorbeiziehen. Die Ausstattung der Leute machte ihm klar, dass es sich um Flüchtlinge handelte, denn jeder der Vorbeiziehenden schleppte so viel Gepäck, wie er tragen konnte, mit sich. Die Frauen trugen Körbe und Stoffbündel auf dem Kopf oder zogen einfache Karren mit großen hölzernen Speichenrädern. Auf diesen Karren war Hausrat verpackt, und darauf saßen die Alten, die nicht mehr aus eigener Kraft gehen konnten. Sogar Kinder schleppten riesige Säcke. Eine Gruppe von Erschöpften zog durch das ausgedörrte Land.

Trotzdem, das war die Chance von Mbulu und Gnanaguru.

Rasch entfernte der Bub die Zweige, mit denen der Ausgang aus dem Gestrüpp getarnt gewesen war. Dann zerrte er Gnanaguru ins Freie.

Anschließend nahm er seinen Freund auf die Schulter und lief, so schnell er noch konnte, zu den Flüchtlingen. Es waren sicher mehr als hundert Menschen, die da vornübergebeugt, apathisch und langsam an ihnen vorbeigingen.

Mbulu blieb – Gnanaguru auf seinem Rücken – keuchend stehen. Keiner der Flüchtlinge nahm irgendeine Notiz von ihnen. Er hatte doch erwartet, dass diese Menschen sich ein wenig um sie kümmern würden.

Er legte seinen Freund vorsichtig auf den staubigen Boden und bewältigte im humpelnden Laufschritt die Distanz zu den Flüchtlingen. Er stellte sich vor eine groß gewachsene Frau, die einen Karren zog. Sie musste daraufhin stehen bleiben.

„Geh mir aus dem Weg!", fauchte sie ihn an.

„Ich brauche dringend Ihre Hilfe!", flehte Mbulu und blickte die Frau mit seinen großen Augen verzweifelt an. „Mein Freund ist auf eine Mine getreten und schwer verletzt. Bitte, nehmen Sie ihn mit zum nächsten Arzt."

„Es gibt hier nirgends einen Arzt, und nun lass mich weiterziehen." Die Frau setzte sich wieder in Bewegung, und Mbulu musste zur Seite springen, sonst hätte ihn die Frau einfach umgeworfen.

Mbulu konnte sich nicht mehr halten.

Schluchzend brach er zusammen und hockte sich zu Boden. Mit den

Händen bedeckte er sein Gesicht, damit niemand die Tränen sehen konnte.

Da spürte Mbulu eine Hand auf seiner Schulter. Eine alte Frau mit ausgemergeltem Gesicht beugte sich über den Buben und versuchte ihn zu trösten. „Du musst uns verstehen, Kleiner, wir wurden von den Soldaten aus unserem Dorf vertrieben und sind nun auf dem Weg zum großen Flüchtlingslager an der Grenze. Wir sind seit Tagen unterwegs, und viele von uns sind unterwegs gestorben. Wir mussten unsere Freunde, die nicht mehr weitergehen konnten oder die niemanden hatten, der sie auf einen Karren setzte, einfach zurücklassen. Viele Tote säumen unseren Weg. Wenn wir nicht bald das Flüchtlingslager erreichen, werden wir alle sterben. Lass deinen Freund zurück! Du selbst kannst noch gehen. Du könntest es noch ins Lager schaffen, aber wenn du deinen Freund weiter auf der Schulter schleppst, werdet ihr beide umkommen."

„Nein", sagte Mbulu, „ich verlasse meinen Freund nicht. Er ist das Einzige, was mir noch geblieben ist, und ich glaube, auch er würde mich nicht verlassen, wenn ich auf die Mine getreten wäre."

„Du bist sehr tapfer", murmelte die Frau und ging weiter. Einige andere Menschen schauten kurz zu dem auf dem Boden hockenden verzweifelten Buben, doch niemand blieb stehen.

Mbulu kehrte zu Gnanaguru zurück und legte den Kopf seines Freundes auf seinen Oberschenkel. Nun gut, dann war eben alles aus. Dann würden sie gemeinsam sterben.

Mbulu versank in einer Art Dämmerzustand, und er bemerkte nicht den Landrover, der sich langsam näherte.

Auf dem Auto befand sich ein runder weißer Kleber, der ein großes rotes Kreuz zeigte.

Mbulu reagierte überhaupt nicht, und die zwei Männer, die in dem Landrover saßen, entdeckten die beiden zusammengekauerten Buben nicht. Sie fuhren in geringer Entfernung an ihnen vorbei. Der Wagen verschwand schließlich hinter dem Horizont.

Mbulu und Gnanaguru berührte das nicht mehr. Sie waren zu erschöpft und hatten jede Hoffnung auf Rettung aufgegeben.

Nach einiger Zeit kam der Landrover in langsamer Fahrt zurück, und beinahe wäre er wieder knapp an den beiden Buben vorbeigefahren. Doch der Beifahrer, der mit einem Fernglas ausgestattet war und offenbar die Gegend absuchte, entdeckte Gnanaguru und Mbulu.

Als der Wagen vor den beiden zusammengekauerten Buben stoppte, nahm Mbulu nichts mehr wahr. Er reagierte nicht mehr, als die zwei Helfer ausstiegen und sich ihnen näherten. Mbulu wollte nur noch einschlafen und nicht mehr aufwachen.

Die erschöpften Kinder wurden von den Männern vorsichtig in den Wagen gehoben und mit Wasser versorgt. Dann brachte man sie in das Flüchtlingslager.

Dort erhielt Mbulu einen kleinen Napf mit Reis. Da er nur erschöpft, aber offensichtlich nicht schwer verletzt war, durfte er nicht länger in der Aufnahmestation bleiben, die gleichzeitig auch ein behelfsmäßiges Krankenlager war. Er wurde wieder weggeschickt und suchte sich einen Platz, auf dem er zusammengekauert einschlafen konnte.

Niemand fragte Mbulu nach seinem Namen. Es war niemand da, der sich um ihn kümmern konnte.

Gnanaguru brachten die Helfer in das graue Zelt, in dem Notoperationen durchgeführt wurden. Sein Zustand war kritisch, und es gab nur noch einen Weg, wie ihm geholfen werden konnte.

22. Schokolade im Bett

Als Frank Monograta zu Hause ankam, sah er sofort, dass in seinem Arbeitszimmer das Licht brannte.

Pötzlich fiel ihm ein, dass er den Schlüssel zur Lade auf seinem Schreibtisch liegen gelassen hatte.

Deshalb also der Zornausbruch von Gloria und der Satz, dass an Franks Händen Blut klebte.

Er klingelte, aber niemand öffnete. Langsam sperrte Frank die Eingangstür auf und stellte die Reisetasche sowie den Koffer mit der Diskette im Vorraum ab. Mit einem Mal war ihm schlecht, und er spürte tiefe Verzweiflung.

Kein fröhliches Kinderlachen, keine Frau, die ihn umarmte. Nur Stille.

Laura musste ihn gehört haben. Sie musste im Haus sein. Er hatte doch vom Flughafen aus mit ihr telefoniert.

Als Frank das Arbeitszimmer betrat, sah er auf dem Schreibtisch die geheimen Unterlagen aus der versteckten Lade.

Gloria und die Kinder hatten herausgefunden, woher das viele Geld kam. Sie wussten, dass die Millionen mit Handgranaten und Minen verdient worden waren.

Langsam ging Frank in Lauras geräumiges Kinderzimmer, aber das Bett war noch unbenutzt. Keine Spur von seiner Tochter.

Wahrscheinlich war sie im Stall bei den Pferden.

Frank fand Laura, die sich eng an den Hals von Kjoi schmiegte.

„Hallo, mein Kleines", sagte Frank, der beim Eingang stehen geblieben war.

Laura bewegte sich nicht. Sie klammerte sich weiter fest an den Hals ihres Lieblingspferdes.

Leise murmelte sie: „Dad, du bist ein schrecklicher Mensch. Ich schäme mich so für alles, ich schäme mich so, dass du mein Vater bist."

„Aber ich habe das alles doch nur gemacht, damit es uns gut geht, damit ich für euch sorgen kann", versuchte sich Frank zu rechtfertigen.

Laura drehte sich um und blickte ihren Vater trotzig an. „Es gibt keine Entschuldigung für das, was du getan hast", sagte sie.

Dann rannte sie an ihrem Vater vorbei und zurück ins Haus. Sie knallte die Tür des Kinderzimmers zu und verkroch sich schluchzend in ihrem Bett.

Frank blieb noch eine Weile nachdenklich bei den Pferden stehen und fütterte die Tiere geistesabwesend mit einigen Karotten. Dann drehte er das Licht im Stall ab und ging zurück ins Haus.

In dieser Situation musste er sofort eine Entscheidung treffen.

Er musste versuchen, sein Familienleben zu retten. Er wollte Gloria und die Kinder nicht verlieren.

Frank ging noch einmal zum Kinderzimmer und klopfte an die Tür.

Laura antwortete nicht.

Frank war klar, dass es keinen Sinn hatte, heute noch ein Gespräch mit seiner Tochter zu suchen.

Das würde nichts lösen.

Konkrete Maßnahmen waren erforderlich.

Er nahm ein Vollbad, um sich zu entspannen, und ging anschließend ins Zimmer von Martin. Diese Nacht wollte er im Bett seines Sohnes verbringen.

Vielleicht kam ihm da der rettende Gedanke.

Als er das Zimmer betrat, huschte ein Lächeln über seine Lippen. Im Raum herrschte wie immer ein totales Chaos. Es war für ihn so wohltuend, Socken, Unterwäsche, Hemden und Hosen auf dem Boden liegen zu sehen. Herrlich, zwischen dem Hemdknäuel sah er den Griff des Baseballschlägers herausragen. Wie immer lagen einige CDs ohne Hülle auf dem Schreibtisch zwischen den Heften mit den Eselsohren. Die Filzstifte lagen offen da und waren inzwischen sicher schon ausgetrocknet. Der Mülleimer quoll über. Das Glas mit den eingetrockneten Orangensaftresten klebte bereits auf der Tischplatte fest.

Als Frank das Chaos betrachtete, fühlte er sich in diesem Moment sogar ein wenig glücklich. Wie oft hatte er in der Vergangenheit einen Tobsuchtsanfall bekommen, als er lautstark gegen die Unordnung in Martins Zimmer protestierte, und wie nebensächlich, wie völlig unwichtig erschien ihm das jetzt alles.

„Von mir aus könnte es in dem Zimmer ein noch hundertmal größeres Chaos geben, wäre mein Superjunior nur gesund", seufzte er.

Frank legte sich in Martins Bett, und als er sich auf dem Leintuch ausstreckte, rutschte er mit dem Hinterteil über ein Hindernis. Er griff in etwas Weiches.

Tatsächlich, der Sohn hatte Schokolade im Bett gelagert, um sich nach dem Zähneputzen noch eine kleine Portion Kariesfutter einzuverleiben. Lächelnd steckte sich Frank ein Stück der Schokolade in den Mund. Auch er würde sich heute nicht die Zähne putzen.

Als er sich auf Martins Bett ausstreckte, wurde ihm schlagartig klar, welches verantwortungslose und verlogene Leben er in den letzten Jahren geführt hatte. Und er hatte, um ehrlich zu sein, bis zu diesem Moment noch nicht verstanden, worum es eigentlich ging.

Bei aller Liebe zu seiner Familie, er hatte in den letzten Stunden doch wieder hauptsächlich nur zuerst an sich selbst gedacht.

Während er sich zum Beispiel in der Badewanne entspannte, waren seine Gedanken fast ausschließlich um die Frage gekreist, wie er seine eigenen Probleme mit Gloria und den Kindern lösen konnte. Aber verdammt noch einmal, es ging jetzt um etwas völlig anderes. Er selbst war unwichtig. Es ging um die Gesundheit seines Sohnes. Die Probleme des Vaters hatten im Vergleich dazu überhaupt keine Bedeutung.

Während er im Halbschlaf vor sich hindöste, kam ihm eine ausgezeichnete Idee.

23. Trachom

Mbulu erwachte erst nach vielen Stunden aus seinem Tiefschlaf. Seine Augen schmerzten, und er musste sie sehr lange und sehr fest reiben, bis er wieder einigermaßen gut sehen konnte.

Er schaute sich um.

Überall um ihn kauerten teilnahmslos Menschen, deren einzige Regung hin und wieder eine Wischbewegung war, um sich die Fliegen aus dem Gesicht zu treiben. Der meiste Lärm wurde von Kleinkindern verursacht, die unablässig brüllten. Mbulu fühlte sich schwach und legte sich erneut auf den staubigen Boden. Er drehte sich zur Seite und war augenblicklich wieder eingeschlafen.

Als er erwachte, war es schon dunkel geworden, und der Schein mehrerer kleiner Lagerfeuer hüllte die Szenerie in ein gespenstisches Licht.

Neben sich sah er eine zusammengekauerte, vermummte Gestalt sitzen. Es war die alte Frau, die er erst vor kurzer Zeit in der Flüchtlingsgruppe gesehen hatte.

Es war die Frau, die ihn aufgefordert hatte, sich den Flüchtlingen anzuschließen und Gnanaguru zurückzulassen. Mit ihren knochigen Fingern kraulte sie Mbulus Kopf.

„Ich bin froh, mein Kleiner, dass du es doch geschafft hast und ihr von den Männern gefunden worden seid", sagte sie mit beruhigender Stimme. „Ich habe den beiden weißen Helfern, die uns entgegengekommen sind, von deiner Tapferkeit berichtet und ihnen erzählt, dass du deinen verletzten Freund nicht im Stich lässt. Da sind sie weitergefahren, um euch zu suchen."

Die alte Frau lächelte ihn an. „Ich habe noch eine andere, sehr gute Nachricht für dich. Dein Freund ist auch im Lager und ganz in deiner Nähe. Es besteht Hoffnung, dass er überlebt."

Mbulu richtete sich auf und setzte sich neben die Frau. Es tat so gut, jemanden bei sich zu haben, der ihn ein wenig liebkoste. Wie lange schon hatte das niemand mehr getan. Die Frau kraulte seine Haare und sprach weiter: „Du bist ein sehr tapferer junger Mann und für mich ein viel größerer Held als alle diese Soldaten, die angeblich um unsere Freiheit kämpfen. Wie heißt du eigentlich?"

„Ich bin Mbulu."

„Woher kommst du?", wollte die alte Frau weiter wissen.

„Ich habe in Kugula gelebt, aber das Dorf gibt es nicht mehr. Es gibt gar nichts mehr, was für mich wichtig ist. Mein Dorf ist zerstört, Babu und Baba sind tot, auch meine Mutter und meine Schwestern wurden erschossen."

Die Tränen verursachten kleine dunkle Rinnsale auf Mbulus staubigen Wangen.

Die alte Frau zog den Buben behutsam an sich und drückte ihn ganz fest an ihren Körper.

Mehrere Minuten lang sagte keiner der beiden ein Wort.

Dann hatte sich Mbulu so weit gefangen, dass er wieder klarer denken konnte.

„Wie heißt du?", fragte er die alte Frau.

„Ich bin Wimula", antwortete sie.

„Und woher kommst du?"

„Ich habe in einem kleinen Dorf nahe der Grenze gelebt, aber dort konnten wir nicht bleiben, denn dort wurde Öl gefunden. Die Regierung hat daraufhin der ausländischen Firma erlaubt, auch bei unserem Dorf einen Förderturm zu errichten. Es ist viel schwarzer Schlamm ausgetreten, und schon nach kurzer Zeit war unser Wasser trüb und vergiftet. Wir konnten es nicht mehr trinken. Ständig hat ein Feuer neben dem Bohrturm gebrannt. Die Weißen nannten diesen Vorgang Abfackeln, das heißt, giftige Gase, die bei der Förderung von Erdöl entstehen, werden gleich verbrannt. Dadurch wurde die Luft in unserem Dorf so schlecht, dass wir nicht mehr atmen konnten und ständig husten mussten. Daraufhin haben mehrere Leute aus unserem Dorf versucht, den Bohrturm zu zerstören. Sie wurden gefangen genommen und noch an demselben Tag hingerichtet. Der Regierung kam dieser Vorfall gerade recht. Soldaten marschierten in das Dorf und zerstörten alle Hütten. Wir mussten flüchten und konnten nur die notwendigsten Habseligkeiten mitnehmen. Viele von uns sind auf dem Weg in dieses Flüchtlingslager, in dem wir beide jetzt sind, vor Erschöpfung gestorben. Du musst sie verstehen, dass sie dich und deinen Freund nicht mitnehmen konnten. Niemand hatte mehr die Kraft, einem anderen zu helfen."

„Aber du hast mir doch geholfen. Du hast doch mit mir gesprochen", sagte Mbulu zu der alten Frau. „Warum hast du das getan?"

„Weil ich dich für sehr tapfer gehalten habe und weil du mich an meinen Sohn erinnerst", sagte die alte Frau leise und streichelte weiter Mbulus Haar.

„Wo ist dein Sohn jetzt?", fragte Mbulu.

„Er ist tot.", entgegnete die Frau. „Mein Sohn hat bei den Rebellen und gegen die Soldaten gekämpft. Er wurde gefangen genommen, und sie haben ihn im Armeecamp hingerichtet. Es ist noch gar nicht so lange her."

Mbulu musste plötzlich wieder an diese schrecklichen Erlebnisse im Camp denken, als die Kindersoldaten gezwungen worden waren, bei Hinrichtungen zuzusehen.

„Wo ist dein Mann?", fragte Mbulu weiter. „Bist du ganz alleine?"

„Ja, ich bin, so wie du, ganz alleine. Aber da ist ein großer Unterschied", antwortete Wimula. „Mein Leben ist schon fast zu Ende, deines muss erst beginnen, kleiner Mbulu. Mein Mann war Soldat in der Armee und hat gegen die Rebellen gekämpft. Irgendwann einmal ist er nicht mehr zurückgekommen. Ich weiß nicht, was mit ihm geschehen ist. Wahrscheinlich ist er bei den Kämpfen mit den Rebellen getötet worden. Deshalb hat mein Sohn die Armee gehasst, denn er war der Meinung, dass sie ihm durch dieses sinnlose Kämpfen den Vater gestohlen hat. Aus diesem Grund hat er sich den Rebellen und nicht den Soldaten angeschlossen. Aber es hat alles nichts genützt. Nun sind sie beide tot, und ich bin alleine zurückgeblieben."

Mbulus Augen begannen wieder zu schmerzen, und er rieb sie sehr lange. Trotzdem trat keine Besserung ein. Er nahm seine Umwelt wie durch einen Schleier wahr.

Der Bub hatte großen Hunger, und auch Durst plagte ihn. „Bekommen wir in diesem Lager auch etwas zu essen und zu trinken?", fragte er die alte Frau.

„Ja, manchmal", entgegnete sie, „wenn es gelingt, Hilfslieferungen zu uns zu bringen. Aber seit Soldaten oder Rebellen – so genau weiß es keiner – alle Zufahrtsstraßen mit Minen versehen haben, wagt es niemand mehr, uns Reis und Soja zu bringen. Zurzeit gibt es im Lager fast nichts mehr zu essen. Auch das wenige Wasser in den Tonnen schmeckt schlecht. Es ist schon sehr altes Wasser, und du solltest es besser nicht trinken."

Seufzend legte Mbulu seinen Kopf in den Schoß der alten Frau. Wenigstens hatte er jemanden, mit dem er reden konnte.

Kurze Zeit später war er eingeschlafen.

Die Minen, mit denen die Zufahrtswege zum Flüchtlingslager versperrt worden waren, hatte Frank Monograta vor knapp zwei Monaten in das Land liefern lassen. Es waren damals außergewöhnlich viele Minen bestellt worden, und er hatte dafür sogar eineinhalb Millionen als Prämie kassiert.

Als Mbulu wieder erwachte, saß Wimula immer noch bei ihm. Ein neuer Tag im Flüchtlingslager war angebrochen. Ein Tag, der so eintönig und hoffnungslos sein würde wie alle Tage zuvor. Auch für heute war keine Hilfslieferung zu erwarten. Den ganzen Tag lang würde nichts geschehen. Der ganze Tag würde mit geduldigem Warten verbracht werden müssen. Doch worauf im Lager gewartet wurde, das wusste niemand.

Besonders entsetzlich waren die sanitären Bedingungen im Lager, die den baldigen Ausbruch von Krankheiten sehr wahrscheinlich machten.

„Jambo, Mbulu", sagte Wimula freundlich. Jambo bedeutete „Guten Morgen". Der Bub öffnete die Augen, aber es war ihm nicht möglich, die alte Frau ganz genau zu sehen. Er musste die Augen erst wieder sehr lange reiben, bis der Blick besser wurde und er seine Umgebung einigermaßen gut erkennen konnte.

„Ich habe eine gute Nachricht für dich. Dein Freund Gnaguru ist von der weißen Ärztin behandelt worden. Er wird nicht sterben. Du hast ihm durch deine Tapferkeit das Leben gerettet."

Mbulu sprang auf und rief: „Wo ist er? Ich muss zu Gnaguru."

„Du kannst deinen Freund nicht besuchen", entgegnete Wimula mit beruhigender Stimme. „Er ist noch immer sehr krank. Er befindet sich jetzt in dem großen Holzbau dort drüben, und es wird viele Wochen dauern, bis er wieder ins Freie darf."

Der große Holzbau war ein ehemaliger Lagerschuppen, der notdürftig zu einem Feldlazarett ausgebaut worden war.

Lagerinsassen hatten keinen Zutritt zum Lazarett.

Die übrigen Menschen, die nicht schwer krank waren, lebten in völlig überfüllten Zelten oder schliefen im Freien.

Wimula erzählte Mbulu nicht die ganze Wahrheit. Die Verletzungen an Gnanagurus Bein waren so schwer gewesen, dass man ihm den Unterschenkel hatte amputieren müssen. Gnanaguru würde nie mehr wie früher laufen können.

Die Lagerinsassen erhielten an diesem Tag nur eine kleine Schüssel mit Reis und einen Becher trübes, abgestandenes Wasser.

Niemand im Lager konnte sich waschen oder gar duschen. Niemand im Lager hatte etwas zu tun. Niemand konnte das Lager verlassen, denn wohin hätte man gehen sollen? Die Dörfer, aus denen die Menschen gekommen waren, gab es nicht mehr. Sie waren manchmal von Soldaten, aber manchmal auch von Rebellen im Rahmen einer so genannten Vergeltungsaktion zerstört worden.

Mbulu ging mit Wimula im Lager umher, und immer wieder musste der Bub seine Augen reiben.

Neben dem Eingang zum Flüchtlingscamp stand ein alter Lastwagen, dessen Hinterachse gebrochen war. Mbulu, der sich so weit erholt hatte, dass er schon wieder neugierig war, stieg auf das Trittbrett des Wracks, um in das Führerhaus zu schauen. Dabei blickte er auch in den Rückspiegel des Fahrzeuges und sah sein Gesicht. Der Bub erschrak. Seine Augen waren gerötet und geschwollen. Die Lider waren von Eiter und Schmutz verklebt.

Mbulu wusste sofort, dass die Augen erkrankt waren. Wie gerne hätte er sich endlich den Schmutz aus seinen Augen gewaschen, aber dafür gab es kein Wasser im Lager. Das wenige Wasser musste zum Trinken verwendet werden, und niemand konnte es sich leisten, die kostbaren Flüssigkeitsreste für Waschzwecke zu verschwenden.

Mbulu war an Trachom erkrankt. Über 150 Millionen Kinder, besonders in den so genannten Entwicklungsländern, haben diese Augenkrankheit.

Menschen, die an Trachom leiden, könnten ohne besonderen Aufwand von ihrer Krankheit geheilt werden. Mit einer Tube „Tetracycline", einer billigen Augensalbe, die nicht mehr kostet als zum Beispiel eine Tasse Kaffee in einem Restaurant, würden Menschen vor Blindheit bewahrt werden. Aber selbst für den Ankauf dieser billigen Salbe fehlt in den meisten Ländern das Geld.

Der Krankheitsverlauf bei Trachom ist immer gleich: Zuerst röten sich die Augen, dann beginnen sie zu tränen, und die Lider schwellen an. In der Folge vereitern und verkleben die Lider, die Wimpern verwandeln sich zu scharfen, harten Borsten. Anschließend drehen sich die Lider einwärts, und die Borsten zerstören die Hornhaut. Der Kranke ist dann für immer blind.

Mbulu hatte wie so viele Menschen in Afrika noch nie etwas von Trachom gehört. Er wusste nicht, welcher Leidensweg ihm bevorstand.

Er hatte auch keine Hilfe zu erwarten.

24. Angst um Martin

Frank Monograta hatte nur wenig geschlafen und so während der Nacht Zeit gehabt, um über die Ereignisse der letzten Zeit nachzudenken. Er stand früh auf und ging vorsichtig in das Kinderzimmer. Laura schlief noch. Frank setzte sich an den Bettrand und strich vorsichtig über das lange schwarze Haar seiner Tochter. „Guten Morgen, mein Liebling", sagte er leise. Ein Grummeln war zu hören. Laura drehte sich weg und verkroch sich unter einem Kopfpolster.

„Lass mich in Ruhe", sagte Laura leise, aber Frank redete einfach weiter und reagierte auf diese ablehnende Bemerkung nicht. „Du hast Recht, mein Kind. Ich bin ein schrecklicher Mensch, und es gibt keine Entschuldigung für das, was ich getan habe. Aber jeder Mensch verdient es, dass man ihm eine Chance gibt, sich zu bessern. Bitte, sei nicht so böse auf mich. Bitte, gib auch mir Gelegenheit, ein Vater für dich zu sein, für den du dich nicht schämen musst. Ich verspreche dir, dass alles wieder gut werden wird. Mein Kind, ich bitte dich um Verzeihung." Seine Tochter reagierte nicht.

Frank stand rasch auf und wollte den Raum verlassen. Als er schon fast aus dem Kinderzimmer war, hörte er von Laura einen Satz, der in ihm die Sonne aufgehen ließ: „Ich hab dich lieb, Daddy, und ich danke dir."

Laura sprang aus dem Bett und lief auf ihren Vater zu. Sie umarmte Frank, und die beiden standen eine Weile fest umschlungen im Raum. Laura hatte zu weinen begonnen, sie fühlte sich plötzlich so glücklich wie schon lange nicht.

„Komm, machen wir uns ein Frühstück", sagte Frank, „wir haben nicht viel Zeit, denn ich muss so schnell wie möglich zu Martin und deiner Mutter ins Sanatorium."

Während sie aßen, überlegte Frank, ob er seine Tochter in die Pläne bezüglich ihrer gemeinsamen Zukunft einweihen sollte. Eigentlich sprach nichts dagegen, gleich mit der Aktion zu beginnen.

„Es ist dir wohl klar, dass wir in Zukunft nicht mehr so werden leben können wie bisher", sagte Frank. „Wenn ich nicht mehr mit Waffen handle, verändert sich viel. Ich muss mich von einigen lieb gewordenen Sachen trennen und werde die Autos noch heute verkaufen. Wenn ich meine Entscheidungen getroffen habe, dann ziehe ich sie auch konsequent durch."

„Ich weiß, Dad", sagte Laura, „das war bei dir schon immer so."

„Auch für dich wird es Veränderungen geben", setzte Frank weiter fort, „wir werden uns die Pferde nicht mehr leisten können."

„Nein", schrie Laura wütend, „von Kjoi und Gaski werde ich mich nie trennen."

„Dann muss ich weiter mit Waffen handeln. In dem Fall können wir uns die Pferde locker leisten, und ich brauche meine tollen Autos auch nicht zu verkaufen", entgegnete Frank. „So geht das nicht. Du kannst nicht mich als Ungeheuer hinstellen und dich selbst nicht einschränken wollen."

„Du hast Recht", sagte Laura resignierend. „Ich weiß auch schon, was wir machen. Das Gestüt Faltensteffl wollte meine beiden Isländer schon immer für die Reitschule haben. Wir werden sie Andreas, dem Besitzer von Faltensteffl, verkaufen. Er bezahlt sicher einen guten Preis für die Tiere, und ich kann Kjoi und Gaski dann besuchen, so oft ich will."

„Siehst du, es gibt für alles eine Lösung", meinte der Vater triumphierend, „wenn man nur ein wenig darüber nachdenkt."

Anschließend ging Frank ins Arbeitszimmer. Er telefonierte mit seinem Autohändler, und es gelang ihm, sowohl für den Ferrari wie auch für den Jaguar einen guten Preis zu bekommen. Er vereinbarte, dass die Fahrzeuge noch am Vormittag abgeholt werden sollten. Frank wollte einen Abschied ohne langen Trennungsschmerz. Natürlich fiel es ihm schwer, sich von den Sportautos zu trennen, aber es gab keine andere Möglichkeit, denn klare Schritte waren erforderlich, jede Verzögerung, jedes Zaudern hätte alles nur schlimmer gemacht.

Er wusste auch, dass sich Dr. Huber vom Sanatorium für seinen blauen Rolls-Royce interessierte. Ihm würde er den Wagen heute als Ge-

genleistung für Martins Behandlung anbieten. Ein Angebot, das der Doktor unmöglich abschlagen konnte.

Frank fuhr bedächtig – und zum letzten Mal mit dem Rolls-Royce – den weißen Kiesweg hinunter, und nur kurze Zeit später parkte er den luxuriösen Wagen vor dem Sanatorium. Er hatte sich nicht getäuscht.

Dr. Huber war mit dem Deal mehr als einverstanden und schüttelte immer wieder ungläubig den Kopf. „Bist du sicher, Frank, dass du dich von dem Rolls trennen willst?", frage er. „Du verschenkst ihn ja fast, denn so teuer ist der Aufenthalt in meinem Sanatorium auch wieder nicht."

„Ja, nimm ihn", sagte Frank mit klarer, fester Stimme, die keinen Widerspruch duldete, „das Auto bedeutet mir nichts mehr. Was ist schon dieses Stück britisches Blech gegen die Gesundheit meines Sohnes? Nimm den Rolls als Bezahlung für den Aufenthalt hier im Sanatorium. Was mich viel mehr interessiert, ist die Frage, wann der Spezialist kommt, um mein Kind zu operieren?"

„Ich glaube, wir haben den richtigen Mann gefunden. Er heißt Dr. Eddie Ewart und ist in einer Schweizer Spezialklinik tätig. Er wäre bereit, den Eingriff zu riskieren, aber er ist sehr teuer."

„Na und?", fragte Frank. „Ich will es gar nicht wissen, wie viel er kostet. Ich mache alles, damit Martin gesund werden kann, es ist mir völlig egal, ob ich dafür alles verkaufen muss. Es geht mir nur um mein Kind."

„Das habe ich gewusst", sagte Dr. Huber. „Weil mir klar war, wie du reagieren würdest, habe ich ihn gleich einfliegen lassen. Dr. Ewart müsste in einer knappen Stunde bei uns im Sanatorium eintreffen."

„Wie geht es Martin? Kann ich ihn besuchen?", fragte Frank aufgeregt.

„Ja, dem steht nichts im Wege. Dein Sohn ist ansprechbar. Er hat zwar verschiedene Medikamente bekommen und wird nicht besonders lebhaft sein, aber ansonsten sehe ich keine Schwierigkeiten."

„Wie geht es Gloria? Hat sie sich schon beruhigt?", wollte Frank noch abschließend wissen.

„Überzeuge dich selbst", sagte Dr. Huber und klopfte Frank aufmunternd auf die Schulter, „zu mir war sie heute Morgen jedenfalls sehr freundlich. Wie sie zu dir sein wird, wirst du ja gleich wissen. Ich lasse euch einige Zeit in Ruhe, ihr habt sicher eine Menge zu besprechen."

Frank Monograta war aufgeregt wie schon lange nicht, als er das Krankenzimmer betrat.

„Hi, Dad", sagte Martin mit schwacher Stimme und lächelte seinen Vater an, „ich habe gerade mit meiner Schwester telefoniert und finde es cool, was du machst. Bist du dir sicher, dass du die Autos verkaufen willst?"

„Für solche Überlegungen ist es jetzt eindeutig zu spät, mein Sohn", meinte Frank mit einem breiten Grinsen, „denn die Boliden werden schon am Vormittag abgeholt. Ich will sie gar nicht mehr sehen."

Gloria, die neben dem Krankenbett stand, blickte Frank mit einem Blick an, der eine Mischung aus Wut und Traurigkeit war.

Frank wusste, dass er mit seiner Frau, wenn sie in so einer Stimmung war, besser nicht diskutieren sollte. Er versuchte deshalb eine Umleitung. „Martin, was meinst du, wäre es deiner Mutter recht, wenn ich sie küssen würde?", fragte Frank seinen Sohn.

„Ich weiß nicht, Dad, versuche es, aber sei vorsichtig, sie könnte dich erwürgen", meinte Martin und lächelte schwach.

Gloria reagierte mit einem Aufschrei. „Rühr mich ja nicht an!", brüllte sie Frank an.

„Okay, okay", lenkte der beruhigend ein, „es war ja nur ein Versuch, die Stimmung etwas aufzuheitern. Aber im Ernst, könnten wir alle nicht wie zivilisierte Menschen miteinander reden? Laura, die zweite Frau in unserer Familie, hat mir heute in der Früh zugehört."

„Natürlich können und werden wir miteinander reden, zumindest so lange, bis wir geschieden sind", fauchte Gloria.

„Bitte, warte damit, bis wir alles ausdiskutiert haben", sagte Frank, „dann kannst du dir ja noch immer deine Meinung bilden."

„Ich möchte nicht, dass ihr euch scheiden lasst!", sagte Martin. „Ihr habt euch doch lieb!"

„Wie kann man einen Mann lieben, der Tretminen und Handgranaten verkauft?", fragte Gloria.

Frank nahm einen Stuhl und setzte sich an den Bettrand. Er drückte fest Martins Hand. „Ich verspreche dir, mein Sohn, wenn wir diese ganze Geschichte hier überstehen und du wieder gesund wirst, dann ändere ich alles in unserem Leben. Mir geht es nur darum, dass du gesund wirst. Geld hilft uns dabei, denn der Spezialist, der dich operiert, wird sehr teuer sein. Es ist schon sonderbar, dass ich ihn mit dem Geld bezahle, das ich beim Waffenhandel verdient habe, aber so ist nun einmal das Leben."

Martin seufzte: „Ich will das alles nicht, Dad. Ich möchte in ein ganz normales Spital und ganz normal behandelt werden. Es ist doch pervers, dass ich vielleicht nur deshalb wieder gesund werden kann, weil mein Vater es sich leisten kann, die teure Operation zu bezahlen. Du hast das viele Geld dafür bekommen, weil du Leid und Tod in Kriegsgebiete gebracht hast. Nun ist das Leid eben in unsere Familie gekommen. Mama meint, dass dies die Strafe Gottes ist und wir nun büßen müssen, weil du ein so schlechter Mensch bist."

„So ein Blödsinn", empörte sich Frank, „das ist wieder typisch für deine bigotte Mutter. Es gibt keine Strafe Gottes, denn dann wäre vieles auf der Welt anders. Es gibt nur gute, mittelgute oder eben schlechte Menschen. Ich habe in der letzten Nacht viel darüber nachgedacht, und mir ist nun völlig klar geworden, dass sich auf unserer Welt nur dann etwas positiv verändert, wenn wir selbst etwas dafür tun. Wenn wir nur auf den lieben Gott warten, dann bleiben die Bösen weiter böse und die Armen weiter arm. Doch darüber möchte ich gerne mit euch später reden. Jetzt warten wir einmal auf den Spezialisten, und dann bringen wir Martin in die Schweizer Klinik."

Frank drehte sich zu Gloria und sah ihr tief in die Augen: „Bitte, verzeihe mir", sagte er zärtlich, „ich will dich nicht verlieren."

Gloria sagte nichts, aber Frank schien es, als würde sie mit einem Mal nicht mehr so wütend dreinschauen.

Dr. Huber hatte nicht zu viel versprochen. Nach einer knappen

Stunde kam er mit dem Spezialisten zur Tür herein. „Darf ich euch Dr. Edward A. Ewart vorstellen, er wird jetzt die weiteren Untersuchungen vornehmen und Martin auch operieren. Ich hoffe, dass wir die medizinischen Tests bald so weit abgeschlossen haben, dass wir den Junior in die Schweiz bringen können. Jeder Tag, den wir gewinnen, ist für den Erfolg entscheidend."

Frank und Gloria sprachen noch ein paar Worte mit Dr. Ewart, der ein etwas beleibter, freundlicher älterer Herr war. Anschließend verließen sie dann das Krankenzimmer.

Frank blieb im Gang sofort vor Gloria stehen. „Darf ich dich zum Essen einladen? Da könnten wir viel miteinander reden."

Seine Frau sagte nichts, nickte aber.

Gemeinsam gingen sie vor das Sanatorium, wo noch der blaue Rolls-Royce geparkt war.

Gloria wollte einsteigen, aber Frank hielt sie davon ab.

„Tut mir Leid, mein Liebes, aber der Wagen gehört uns nicht mehr. Er ist die Bezahlung für Dr. Huber. Wir werden uns ein Taxi nehmen müssen."

Gloria zuckte nur teilnahmslos mit den Schultern.

Sie fuhren gemeinsam zu einem Restaurant, das nicht weit vom Sanatorium entfernt war. Als sie sich am Tisch gegenübersaßen, erschien Gloria die ganze Situation, in der sie sich plötzlich befanden, wie ein böser Traum.

Frank hatte den Kopf auf seine Hände gestützt und starrte sie nur an. Gloria empfand diese Stimmung als unerträglich und tat nun den ersten Schritt, indem sie das Gespräch begann. „Du hast uns alle belogen, du hast unser Leben auf einer Lüge aufgebaut und uns getäuscht. Du weißt, dass wir es niemals zugelassen hätten, dass du dein Geld mit diesen verdammten Waffen verdienst. Die Kinder und ich, wir wollen kein Glück, das auf dem Unglück so vieler anderer Menschen aufgebaut ist."

„Ich weiß, mein Liebling, aber bitte versuche mich zu verstehen. Ich habe als Versicherungsvertreter so wenig verdient, dass ich die Familie meiner Meinung nach nicht gut ernähren konnte. Ich wollte nicht, dass du arbeiten gehst. Ich wollte, dass du daheim bei den Kindern bleibst und deine Zeit dafür verwenden kannst, eine gute Mutter zu sein. Natürlich war ich auch so egoistisch, mir damit eine gute Ehefrau zu kaufen, die Zeit für mich hat, wenn ich Zeit habe. Ich habe doch nicht deshalb so viel Geld verdient, damit nur ich im Luxus leben kann, sondern damit wir alle etwas davon haben. Du hast es doch auch genossen, wenn wir in Monte Carlo auf unserer Jacht waren, wenn du diese sündteuren Wochen in den diversen Schönheits-Farmen verbringen konntest oder wenn du dir massenweise Modellkleider gekauft hast, ohne nachdenken zu müssen, wie viel sie kosten."

„Ja, weil ich naive Gans geglaubt habe, dass du das Geld ehrlich verdient hast, und weil ich nicht gewusst habe, dass an unseren Millionen Blut klebt."

„Bitte, mein Liebling", Franks Stimme wurde ganz besonders zärtlich, „bitte, lasse die Vergangenheit so, wie sie ist. Ich war ein moralisches Schwein, und es ist mir klar, dass ich so nicht mehr weiterarbeiten darf, denn ..."

„Was heißt darf", rief Gloria dazwischen, „du stellt es jetzt so dar, als würden wir, die Kinder und ich, dir den Waffenhandel nicht mehr erlauben. Hast du denn auch jetzt noch gar kein Gewissen? Verstehst du auch jetzt noch nicht, dass du so nicht mehr weiterarbeiten kannst?"

„Verzeihe mir", entgegnete Frank kleinlaut, „ich habe mich falsch ausgedrückt. Was ich dir sagen will" – er unterbrach kurz den Satz und nahm Glorias Hand, um sie fest zu drücken – „ist, dass wir nun Prioritäten setzen müssen. Zuerst geht es darum, alles zu tun, damit Martin wieder gesund wird, dann gehen wir daran, unser Leben so zu ändern, dass wieder alles schön wird. Ich bitte dich, bleib bei mir und lass dich nicht scheiden. Bitte, begraben wir unser Kriegsbeil, zumindest so lange, bis wir die Operation unseres Kindes hinter uns haben."

„Einverstanden", sagte Gloria mit fester Stimme, und erfreulicherweise machte sie keine Versuche, ihre Hand aus der Umklammerung von Franks Fingern zu befreien.

„Ich schäme mich so, dass wir uns die teure Operation nur deshalb leisten können, weil du so viel Geld durch den verfluchten Waffenhandel auf dem Konto hast", flüsterte Gloria, „und ich komme mir deswegen so schlecht vor. Ist das überhaupt noch Gerechtigkeit, wenn wir uns Hilfe nur deshalb leisten können, weil du zuvor so viele Jahre entsetzliche Dinge getan hast?"

„Es gibt genügend böse und gemeine Leute, die ihr ganzes Leben im Luxus verbringen, während so viele gute Menschen in bitterer Armut leben, krank werden oder anderes Leid ertragen müssen. Wo liegt da die Gerechtigkeit? Das ist die Realität. Stellen wir uns nun dieser Realität und lassen wir unser Kind gesund werden, das ist das Wichtigste." Frank hatte grundsätzlich Recht, und Gloria verzichtete darauf, ihm zu antworten.

Frank bezahlte das Mittagessen, und gemeinsam fuhren sie mit einem Taxi in das Sanatorium zurück. Sie mussten einige Zeit warten, ehe die Untersuchungen von Dr. Ewart abgeschlossen waren.

Der Experte sah eine Chance, den Tumor zu entfernen und auch das Augenlicht von Martin zu retten. Dazu musste der Bub allerdings schnellstens in die Schweiz gebracht werden, da nur in dieser Spezialklinik sämtliche Einrichtungen zur Verfügung standen, um die Operation erfolgreich durchzuführen.

Frank handelte sofort. Er ließ Laura aus der Schule holen und arrangierte alles mit der Flugambulanz. Noch am Nachmittag flogen die Monogratas mit Dr. Ewart in die Schweiz.

25. Flucht

Die Zustände im Flüchtlingslager wurden immer unerträglicher.
Die ohnehin kleine Reisportion blieb aus, und auch das Wasser war fast völlig verbraucht.
Viele Kleinkinder und ein beträchtlicher Teil der älteren Menschen konnten diese Strapazen unter der sengenden Sonne nicht überleben. Die Schwachen hatte es zuerst getroffen. Täglich wurde eine Grube ausgehoben, und bis zum Abend war das Massengrab meist gefüllt.
Mbulu und Wimula verbrachten die Zeit damit, lange Gespräche zu führen, doch nun wurde auch das immer mühsamer. Sie hatten beide nicht mehr die Kraft dazu und dösten so oft stundenlang in einer Art Dämmerschlaf.
Mbulu wünschte sich immer öfter, dass er einschlafen könnte und nicht wieder aufwachen würde. „Was hat unser Leben überhaupt für einen Sinn?", fragte er Wimula, denn diese weise alte Frau wusste auf jede noch so komplizierte Frage eine Antwort.
„Das ist nicht so einfach zu beantworten, mein kleiner Freund. Es gibt für jeden Menschen einen anderen Sinn im Leben", sagte Wimula.
„Aber mein Leben ist doch ohne jeden Sinn. Ich habe nie etwas über die Welt außerhalb meines Dorfes erfahren, ich habe nie etwas gelernt, ich kann nicht lesen, ich kann nicht schreiben, und ich kann nicht einmal mehr jagen. Ich habe keine Familie mehr und bin nur dazu verwendet worden, um als Kindersoldat auf eine Mine zu steigen, damit sie nicht einen viel wertvolleren erwachsenen Soldaten tötet. Jetzt warte ich darauf, langsam zu sterben", entgegnete Mbulu traurig.
Wimula schüttelte den Kopf: „So darfst du nicht denken. Du darfst dich nicht aufgeben. Du musst kämpfen, aber eben auf eine andere Weise. Nicht mit der Waffe in der Hand gegen jemanden, der angeblich dein Feind ist, du musst darum kämpfen zu überleben."
Mbulu seufzte.
Wimula hatte wie immer Recht.

Ganz leise, aber fast beschwörend, sprach die alte Frau weiter: „Ich glaube, dass jeder Mensch die Aufgabe hat, anderen zu helfen. Es ist nicht gut, sich nur auf die Hilfe irgendeines Gottes zu verlassen. Du hast deinem Freund Gnanaguru das Leben gerettet. Du warst bereit, dein Leben zu opfern, weil du deinen Freund nicht zurücklassen wolltest. Vielleicht, kleiner Mbulu, haben diese schrecklichen Dinge, die du nun erlebst, einen tiefen Sinn für dich, den du erst viel später verstehen wirst. Vielleicht dient dies alles dazu, dass du Erfahrungen gewinnst und auf Grund dieser Erfahrungen später einmal vielen Menschen helfen kannst. Bitte, kämpfe weiter. Bleibe stark, kleiner Njama, auch wenn dein Körper jetzt sehr schwach ist. Bleibe stark in deinem Kopf und in deinen Gedanken."

Wimula lächelte Mbulu an.

In der Nacht wurden die Lagerinsassen durch einen Tumult geweckt. Es hatte sich herumgesprochen, dass die Reisvorräte nun völlig erschöpft und die wenigen verschmutzten Wasserreste in den Tonnen ungenießbar waren, weil die darin enthaltenen Bakterien und Erreger die Menschen völlig schwächten. Es drohte eine Choleraepidemie.

Selbst kleinste Reisrationen waren nicht mehr zu erwarten. Eine Hungersnot im Lager war unausweichlich.

In ihrer Verzweiflung hatten sich daraufhin einige ältere Männer zu der Entscheidung durchgerungen, dass es besser sei, das Flüchtlingslager zu verlassen und woanders Hilfe zu suchen. Wo allerdings Hilfe gefunden werden könnte, das wusste niemand.

In keinem Land der Welt erfuhren die Menschen etwas über dieses Drama in dem entlegenen Flüchtlingslager. Wie auch? Es gab keine Journalisten, die Berichte darüber produziert hätten. Lager wie diese existierten ständig in vielen Kriegsgebieten. Es handelte sich um einen Vorfall, der nach westlichen Gesichtspunkten keinen Neuigkeitswert für eine Medienmeldung hatte.

Mbulu erfuhr von Wimula den Beschluß, dass sie alle noch in dieser Nacht das Flüchtlingslager verlassen wollten.

„Ich gehe nicht, ohne Gnanaguru mitzunehmen", entgegnete er trotzig.

„Nein", sagte Wimula, „du kannst deinen Freund nicht mitnehmen."
Mbulu wurde wütend. „Warum? Ich habe so viel Mühe auf mich genommen, um ihn zu retten, jetzt lasse ich ihn nicht im Stich. Mein Freund muss mitkommen, ich werde ihn eben wieder tragen."

Die alte Frau entschloss sich, dem Buben nun die Wahrheit zu sagen. „Du kannst Gnanaguru nicht mitnehmen, weil dein Freund nicht mehr gehen kann. Sie mussten ihm das schwer verletzte Bein amputieren."

„Nein!", brüllte Mbulu. „Nein, das kann ich nicht glauben." Er schlug die Hände vor dem Gesicht zusammen, und als seine Hände die Lider berührten, durchzuckte ihn ein entsetzlicher Schmerz. Das Trachom war schon so weit fortgeschritten, dass jede Berührung des Auges sehr wehtat.

Mbulu achtete kaum darauf und lief von Wimula weg.

Er wollte allein sein, er wollte nur weg, aber es gab in diesem überfüllten Lager, das sich gegenwärtig auch noch in einer chaotischen Aufbruchsstimmung befand, keinen Ort, wohin man sich zurückziehen konnte, wenn man allein sein wollte.

Mbulu irrte einige Zeit planlos zwischen den Menschen umher und entschloss sich dann, Gnanaguru zu sehen.

Er musste es schaffen, in das Lazarett einzudringen.

Er musste mit seinem Freund reden.

Das Chaos im Lager hatte auch die wenigen in der Krankenstation arbeitenden Helfer alarmiert, die nun vor die Sanitätsbaracke gelaufen waren und versuchten, die Menschen zu beruhigen.

Das war Mbulus Chance.

Vorsichtig öffnete er die Hintertür und schlich sich in den nur spärlich beleuchteten Raum, in dem es entsetzlich stank. Der Geruch von Arzneimitteln und schwitzenden Patienten war kaum zu ertragen. Mbulu entdeckte schon nach kurzer Zeit das einfache Bett, in dem Gnanaguru lag. Als er an die Seite des Krankenlagers trat, öffnete Gnanaguru die Augen und blickte seinen Freund an. Ein schwaches Lächeln huschte über sein Gesicht.

„Mbulu, du lebst. Ich bin so glücklich, dich zu sehen." Gnanagurus

Stimme konnte man kaum verstehen, und Mbulu war nun völlig klar, dass Wimula Recht gehabt hatte. Er konnte Gnanaguru auf seiner neuerlichen Flucht nicht mitnehmen.

„Wie geht es dir?", flüsterte Mbulu und strahlte seinen Freund an.

„Ich habe nur noch ein Bein und werde nie mehr laufen können. Ich will sterben", flüsterte Gnanaguru leise.

Mbulu drückte die Hand seines Freundes und wollte ihm ein paar tröstende Worte sagen, als er plötzlich Schritte hörte. Die Krankenpfleger kamen zurück. Mbulu riss sich los und rannte durch die Hintertür wieder ins Freie.

Er sah einen gewaltigen Menschenstrom, der sich langsam durch das Tor des Flüchtlingslagers bewegte.

Die neuerliche Flucht hatte also begonnen.

Mbulu vermutete, dass Wimula irgendwo unter diesen Menschen sein musste, und schloss sich der Menge an. Er gliederte sich ein und trottete langsam mit der Gruppe aus dem Lager.

Immer wieder brach einer der Flüchtlinge zusammen, und niemand in der Menge nahm davon Notiz. Wer zu schwach war um weiterzugehen, der wurde einfach liegen gelassen.

Die ganze restliche Nacht und auch am nächsten Tag bewegte sich die Gruppe weiter.

Irgendwann realisierten die Menschen, dass es hoffnungslos war, weiterzugehen.

Vor ihnen war Kampfgebiet, in dem sich die Regierungssoldaten immer wieder mit den verschiedenen Rebellentrupps Feuergefechte lieferten, denn in dieser Region befanden sich einige Erdöltanks. Von diesen Sammelstellen aus wurde das Öl weitertransportiert, ein ideales Kampfgebiet, in dem viel verteidigt und viel zerstört werden konnte.

Sowohl die Soldaten als auch die so genannten Freiheitskämpfer würden den eindringenden Flüchtlingsstrom als Belästigung empfinden.

Hilfe war von keiner der beiden Kampfparteien zu erwarten. Als diese Tatsache klar war, kehrte die Menge wieder um und marschierte langsam in das Flüchtlingslager zurück, aus dem sie gekommen war.

Sie mussten dabei wieder an jenen Menschen vorbei, die vor Erschöpfung zusammengebrochen und liegen geblieben waren. Viele von ihnen hatten den Tag in der prallen Sonne nicht überlebt. Aber auch die ermatteten Flüchtlinge, die noch schwache Lebenszeichen von sich gaben und manchmal leise um Hilfe riefen, wurden von der zurückkehrenden Menge nicht beachtet. Mbulu hätte so gerne geholfen. Aber wie?

Er war selbst schon fast wahnsinnig vor Hunger und Durst, und das Trachom schmerzte. Die Lider waren dick geschwollen und begannen sich nach innen zu drehen.

Aber es war keine Hilfe zu erwarten, die ihn mit dieser billigen Salbe „Tetracycline" hätte retten können.

Viele der Flüchtlinge litten unter Trachom, und keinem von ihnen konnte geholfen werden.

Währenddessen wurde an der Küste der Frachter entladen, der die von Frank Monograta verkauften Minen und Handgranaten gebracht hatte.

Diese Lieferung allein war so teuer gewesen, dass man für denselben Betrag sämtliche Menschen im Land hätte von der heimtückischen Augenkrankheit heilen können. Aber niemand hatte eine Salbe bestellt. Die Regierung und auch die Kommandanten der Rebellen interessierten sich nur für Waffen.

Wieder war etwas für viel Geld gekauft worden, das man nicht essen oder trinken konnte und durch das auch niemandem geholfen wurde.

Wieder war ein Waffenhändler reicher geworden.

Wieder wurde für etwas viel Geld ausgegeben, das nur Leid und Not zu den Menschen brachte.

Während sich der Flüchtlingsstrom langsam zurück zu seinem Ausgangspunkt bewegte, überflogen einige Hubschrauber die Menge. In den Helikoptern saßen Journalisten, die den Flüchtlingsstrom filmten und fotografierten.

Jetzt hatte die ganze Angelegenheit eine Dramatik erreicht, die sie als Pressemeldung attraktiv machte.

Jetzt ergab die Sache beeindruckendes Bildmaterial.

Schon in wenigen Stunden würden die Aufnahmen von den langsam dahinziehenden Flüchtlingen, die an den Erschöpften und Toten teilnahmslos vorbeigingen, bei einigen TV-Stationen in den Nachrichten zu sehen sein.

Kaum jemand, der dann beim Abendessen vor dem Fernsehgerät saß, würde über diesen kurzen Filmausschnitt besonders entsetzt sein, denn Aufnahmen wie diese gab es doch häufig zu sehen.

26. Hummer und Hunger

In der Schweiz wurden Martin Monograta und seine Familie sowie Dr. Ewart vom Flughafen sofort in die Spezialklinik gebracht.

Dort erklärte ihnen der Arzt in einem sehr teuer eingerichteten Aufenthaltsraum noch einmal den Operationsverlauf und schilderte auch die nur schwer kalkulierbaren Risiken. Der Eingriff selbst sollte gleich am nächsten Vormittag erfolgen.

„Es ist an der Zeit, sich von Martin zu verabschieden. Er braucht jetzt Ruhe, und es sind ganz bestimmte Vorbereitungsarbeiten erforderlich, die mehrere Stunden beanspruchen." Als Dr. Ewart diesen Satz sagte, wurde allen Beteiligten mit einem Mal noch klarer, wie dramatisch die Situation tatsächlich war.

Es konnte sein, dass sie Martin nie mehr so erleben würden, wie er war. Er konnte nach der Tumoroperation im Gehirn geistig behindert sein, er konnte blind sein, oder er würde – im schlimmsten Fall – den Eingriff nicht überleben.

Martin lag in seinem Bett und versuchte tapfer, seiner Familie Mut zu machen. „Ich werde es schon schaffen", sagte er leise. Dann drehte er das Gesicht zu Frank und blickte seinen Vater einige Zeit lang an. „Danke, Dad. Danke, dass du das alles für mich tust. Wenn ich wieder gesund bin, dann möchte ich viel mit dir zusammen unternehmen. Dad, ich liebe dich."

Frank spürte, wie in ihm die Verzweiflung hochstieg. Alles, wirklich alles, was er besaß, hätte er sofort hergegeben, wenn nur sein Liebling wieder gesund sein würde.

All das viele Geld, was war das schon gegenüber der Glückseligkeit, mit seinem Sohn die Freizeit verbringen zu dürfen? Andererseits, so pervers es auch klingen mochte, dieses verdammte Geld, verdient durch den lukrativen Waffenhandel, ermöglichte jetzt vielleicht die Gesundung von Martin.

Frank drückte seinem Sohn einen Kuss auf die Wange, drehte sich um und verließ den Raum. Jedes zögernde Herumstehen hätte alles nur verschlimmert.

Gloria und Laura konnten sich mit der ganzen Situation nicht abfinden. Sie warfen sich mit einem Aufschrei über Martin und vergruben ihr Gesicht schluchzend im Bettlaken. Martin strich ihnen vorsichtig über den Kopf und sagte dann tapfer: „Ich liebe euch, und ich danke euch für alles. Bitte, lasst mich jetzt allein."

Laura und Gloria wurden von Dr. Ewart aus dem Zimmer geführt. Im Gang wartete schon Frank auf sie.

Da es sich um eine Privatklinik handelte, gab es im Gebäude selbstverständlich auch Wohnräume für die Angehörigen. Die drei Monogratas wurden von einer Krankenschwester in ihr luxuriöses Apartment gebracht. Ehe die Schwester ging, sagte sie: „Das Abendessen wird in Kürze serviert."

Kurze Zeit später brachte man ihnen auf einem Servierwagen eine Fülle an Köstlichkeiten: Hummer, Scampi, verschiedene Muschelsorten und vieles mehr. Selbst eine Flasche Champagner wurde mitgeliefert.

Doch weder Frank noch Gloria empfanden das Bedürfnis nach irgendeinem dieser ausgezeichneten Leckerbissen. Sie hatten überhaupt keinen Hunger.

Insgeheim musste Frank an so etwas wie eine Henkersmahlzeit denken, nur war nicht er der Delinquent, sondern sein Sohn. Nein, er konnte nichts essen.

Laura probierte ein paar Scampi, stocherte lustlos im Salat und schickte dann ebenfalls das Abendessen fast unangetastet zurück.

Mbulu brach ungefähr zu derselben Zeit zum ersten Mal bewusstlos zusammen. Der lange Flüssigkeitsentzug und der große Hunger hatten seinen ausgemergelten Körper besiegt.

Als er zu Boden stürzte, half ihm niemand aus der Gruppe der Flüchtlinge. Mbulu blieb einige Zeit schwer atmend am Rand des Weges liegen. Nur mit gewaltiger Kraftanstrengung gelang es ihm, sich wieder aufzurichten und in den langsam dahinziehenden Flüchtlingsstrom einzugliedern.

Mbulus Augen schmerzten, und er konnte seine Umwelt nicht mehr klar erkennen. Das Trachom begann sein Augenlicht zu zerstören. Die Wimpernreste der einwärts gedrehten Lider waren zu harten stechenden Borsten geworden, die Mbulus Hornhaut zu zerstören drohten.

Dabei wäre es so einfach gewesen, Mbulu zu helfen. Ein wenig von der billigen Salbe auf seine Augen, eine Flasche Wasser und etwas Reis hätten genügt.

Aber es gab niemanden, der ihm diese Hilfe angeboten hätte.

Als die Teller mit dem Hummer, den Scampis und den anderen Köstlichkeiten aus dem Zimmer der Monogratas weggebracht waren, legten sich Frank, Gloria und Laura in ihre Betten. Niemand von ihnen konnte schlafen.

„Stört es euch, wenn ich den Fernseher einschalte?", fragte Frank.

„Nein, ich glaube, das lenkt uns ein wenig ab", antwortete Gloria und griff selbst zur Fernbedienung. Sie zappte sich durch die verschiedenen Programme, fand aber nicht den richtigen Film.

Für eine Komödie fehlte ihnen eindeutig der Sinn, der Actionfilm war auch nicht gerade nach ihrem gegenwärtigen Befinden, und die Fußballübertragung interessierte die Damen nicht.

„Ich schalte zu den Nachrichten, obwohl es völlig egal ist, was heute auf der Welt passiert ist", sagte Gloria, „denn das für uns wichtigste Ereignis ist wohl hier in diesem Sanatorium."

Gegen Ende der Nachrichten kam auch ein Kurzbericht über die Flüchtlinge in Afrika.

Der Kommentar des Sprechers war leidenschaftslos und beschränkte sich auf das bloße Aufzählen von Fakten: wie viele Flüchtlinge ungefähr unterwegs waren und dass die Kämpfe im Land sowie das Verminen von Zufahrtswegen die Hilfslieferungen verhinderten. Außerdem berichtete der Journalist, dass viele der Flüchtlinge an einer Augenkrankheit erkrankt waren. Wäre von ihm der Begriff Trachom verwendet worden, dann hätte mit dieser Bezeichnung in Europa kaum jemand etwas anfangen können.

Die aus dem Helikopter gemachten Aufnahmen waren beeindruckend. Sie zeigten den – aus der Luft wie eine große bunte Raupe aussehenden – Flüchtlingsstrom sowie die am Wegesrand zurückgelassenen Leichen.

„Ich hoffe, du warst es nicht, der diese verdammten Minen in das Gebiet verkauft hat und sie nun deswegen nicht einmal in der Lage sind, Hilfsgüter hinzubringen", sagte Gloria.

„Nein, dorthin habe ich nie geliefert", log Frank und spürte dabei, wie sich sein Magen zusammenkrampfte. Er wusste nur zu gut, dass die Minen, von denen in den Nachrichten die Rede gewesen war, aus einer seiner Lieferungen stammten.

Keiner der drei Monogratas konnte in dieser Nacht schlafen. Gloria und Laura begannen zu beten, aber Frank bezweifelte, dass dies wirklich etwas nützte.

„Ich bin zu logisch für so etwas", dachte er, „Beten bringt gar nichts, alles, was zählt, ist die Geschicklichkeit und die Fachkenntnis des Spezialisten, der Martin morgen operiert."

Doch der Gedanke an das Beten ließ ihn nicht mehr los, und Frank wehrte sich, so gut er konnte, dagegen. Eigentlich hätte er auch gerne ganz still und insgeheim ein Gebet gesprochen, aber dann dachte er sich: „Sollte es tatsächlich so etwas wie einen Gott geben, dann kann er mich nur auslachen, wenn ich plötzlich für die Gesundheit meines Sohnes Gebete aufsage. Ich, der Mann, der jene Minen in das afrikanische Krisengebiet geliefert hat, die nun sogar die Hilfslieferungen verhindern. Damit habe gerade ich entscheidend dazu beigetragen, dass Tausende Menschen verhungern und vor Erschöpfung sterben."

Das war ein Faktum und ließ sich nun nicht mehr verändern. Da gab es nichts zu beschönigen.

Frank fand keine Ausrede, die ihn befriedigt hätte, und suchte einen anderen Ausweg, eine andere Art der Flucht. Er bemühte sich, ein wenig zu schlafen. Da würden ihn dann alle diese furchtbaren Gedanken nicht so quälen.

Bevor er es tatsächlich schaffte, für wenige Minuten einzunicken, dachte er sich: „Ich bin doch das Schwein, das bestraft gehört, aber nicht mein Martin. Lieber Gott, bitte bestrafe mich und lass mein unschuldiges Kind, meinen großartigen Sohn, wieder gesund werden."

Sehr früh am nächsten Morgen kam eine andere, freundlich lächelnde Krankenschwester mit dem Frühstückswagen und einer Botschaft von Dr. Ewart: „Er lässt Ihnen ausrichten, dass er bereits mit der Operation begonnen hat, und bittet Sie, sich noch bis etwa elf Uhr zu gedulden. Erst dann kann er Ihnen mitteilen, wie zufrieden stellend der Verlauf des Eingriffs war."

Dann verschwand die Schwester und ließ Gloria, Laura und Frank in Panik zurück.

Jeder von ihnen ging nervös im Zimmer auf und ab, keiner sprach ein Wort.

Immer wieder blickten sie auf die Uhr. Es schien ihnen, als wäre die Zeit stehen geblieben.

Endlich wurde es elf Uhr, doch niemand kam.

Eine weitere endlos lange halbe Stunde verging, noch immer kam niemand mit einer Nachricht.

Gloria, Laura und Frank waren nun nahe daran durchzudrehen.

Die Spannung, die Ungewissheit, der Druck, das alles war fast nicht mehr auszuhalten.

Erst knapp vor zwölf Uhr klopfte es kurz an der Tür, und Dr. Ewart betrat den Raum.

„Bitte, setzen Sie sich."

Er deutete auf die in einer Ecke des Raumes stehende Sitzgarnitur.

Als sie Platz genommen hatten, begann der Arzt sehr langsam zu sprechen. „Ich konnte den Tumor aus dem Kopf von Martin entfernen und bin zuversichtlich, dass keine bleibenden Schäden zurückbleiben werden."

Gloria, Frank und Laura atmeten hörbar und erleichtert auf.

„Aber", setzte Dr. Ewart fort, „ich bin nicht sicher, ob wir das Augenlicht von Martin retten konnten. Die Chancen stehen 50 zu 50. Morgen kann ich Ihnen dazu mehr sagen. Morgen wissen wir dann relativ sicher, ob die Sehkraft bei Martin erhalten bleibt."

Dr. Ewart wirkte sehr erschöpft von der langen Operation und stand auf.

„Sie entschuldigen mich", sagte er, „ich brauche nun selbst ein wenig Ruhe. Wir sehen uns morgen wieder. Bitte, bleiben Sie noch bis dahin in diesem Apartment. Es könnten eventuell Komplikationen auftreten, und da möchte ich Sie gerne bei mir in der Klinik haben."

Als der Doktor den Raum verlassen wollte, erhob sich auch Frank und sagte laut: „Einen Moment noch, bitte, Herr Doktor, darf ich Sie draußen kurz sprechen?"

„Natürlich, Herr Monograta. Bitte, kommen Sie mit."

Frank hatte – als die beiden Männer auf dem Gang waren – nur eine kurze Frage: „Bitte, wann kann ich meinen Sohn kurz sprechen? Es ist für alle in dieser Familie sehr, sehr wichtig, dass ich einige Sekunden Zeit habe, mit Martin zu reden. Es hängt sehr viel davon ab."

„Ich denke, dass Sie in etwa drei Stunden kurz mit Martin reden können. Aber nur sehr kurz und ausnahmsweise."

„Danke", sagte Frank und strahlte übers ganze Gesicht. „Ich habe nur noch einen Wunsch."

„Und der wäre?"

„Bitte, sagen Sie meiner Frau und Laura nicht, dass ich mit Martin reden werde."

„In Ordnung, wie Sie möchten", erwiderte kopfschüttelnd der Arzt. Er war viel zu müde, um sich über diesen sonderbaren Wunsch weiter Gedanken zu machen.

Frank war fast glücklich, auf jeden Fall aber zufrieden. Alles verlief genau nach dem Plan, den er sich gestern Abend ausgedacht hatte. Er nahm sein Handy und führte ein kurzes Telefonat mit dem Flughafen. Dann kehrte er in das Apartment zurück.

Laura und Gloria waren vor Erschöpfung eingeschlafen. Sie lagen angezogen und eng umschlungen auf dem Bett.

Frank setzte sich an den Schreibtisch und schrieb einen Brief an Gloria und Laura.

Dieses Schreiben ließ er dann auf dem Tisch liegen.

Nach exakt drei Stunden verließ Frank ganz leise das Apartment und ging in das Krankenzimmer, in dem sein Sohn lag. Von Dr. Ewart war den Dienst habenden Ärzten bereits angekündigt worden, dass er es Frank erlaubt hatte, kurz mit Martin zu sprechen.

Vorsichtig betrat Frank Monograta den Raum.

Die Angst um seinen Sohn schnürte ihm die Kehle zu. Er war verzweifelt, als er sein Kind im Bett liegen sah, blass und den Kopf dick vermummt. Besonders bedrückte Frank der Verband, der die Augen seines Sohnes bedeckte. Unzählige Kabel und Schläuche, die von verschiedensten Geräten ausgingen, waren mit Martins Körper verbunden. Elektronische Geräte zeigten Daten an, deren Bedeutung Frank nicht verstand.

Frank, der die Schutzkleidung angelegt hatte, trat an Martins Bettrand.

Die beiden Schwestern, die gerne gewusst hätten, was der Vater seinem Sohn so dringend mitzuteilen hatte, hörten kein Wort, denn Frank sprach sehr leise.

Als er aus dem Zimmer ging, schien es, als würde ein Lächeln über Martins Lippen huschen.

Frank kehrte nicht mehr in das Apartment zu Gloria und seiner Tochter zurück.

Er eilte direkt in das Büro der Sanatoriumsleitung. Dort teilte er kurz mit, dass er einen dringenden Geschäftstermin habe und in den nächsten Tagen nicht zu erreichen sei. Gloria und Laura würden selbstverständlich in Martins Nähe bleiben.

Er ließ sich von einem Taxi zum nahe gelegenen Flugplatz bringen, wo bereits eine Cessna auf ihn wartete. Er hatte die Maschine vom Sanatorium aus per Handy geordert.

Nach vier Stunden war er zu Hause in der Villa. Die Stille, die Frank empfing, machte ihn traurig, aber er empfand sie nicht mehr als so bedrückend wie bei seiner Rückkehr aus Marseille.

Er ging direkt in sein Arbeitszimmer. Es gab viel zu tun, und alles musste nach einem exakten Plan ablaufen.

Frank telefonierte hektisch mit verschiedenen Fluggesellschaften, und es gelang ihm dann letztlich doch, eine Frachtmaschine für den Flug nach Afrika zu chartern.

Als das erledigt war, telefonierte er mit Hank Mc Horton, einem seiner Geschäftspartner in Afrika. Er ließ seine guten Beziehungen spielen und charterte für viel Geld zwei Hubschrauber der Ölgesellschaft. Die beiden startklaren Helikopter sollten auf einem Flughafen vor Ort auf ihn und die Frachtmaschine warten.

Der nächste Schritt von Frank forderte seine Managerqualitäten in ganz besonderer Weise. Er trieb innerhalb kürzester Zeit mehrere Tonnen Lebensmittel, Babynahrung, Milch und hunderte Kartons mit Getränken auf. Die Ware wurde direkt zum Flughafen gebracht und in der Frachtmaschine verstaut.

Zwischendurch dachte er nur immer wieder an Martin, der die Operation zwar überlebt hatte, aber von dem man nicht sicher wusste, ob er für immer blind sein würde.

Nun kam der nächste wichtige Schritt: Frank setzte ein Schreiben auf, das er an Peter Lester faxte. Darin teilte er ihm kurz und bündig mit, dass er mit sofortiger Wirkung keine Waffen mehr verkaufen würde und die Partnerschaft als beendet betrachtete.

Dann öffnete Frank jene kleine Schatulle, die die goldene Pinzette enthielt. Auf der Innenseite der Schatulle war bekanntlich die Fax-Nummer von Boris mit goldenen Lettern eingraviert.

Wenig später war auch das kurze Schreiben an die Kerle von der russischen Mafia getippt.

Ihnen schrieb Frank folgende Zeilen:

Das besprochene Produkt werde ich nicht für Sie verkaufen.
Betrachten Sie unsere Geschäftsbeziehung als gelöst.
Frank Monograta

Frank war zufrieden und faxte diese Mitteilung gleich an Boris & Co. nach „Little Odessa" in New York.

Ab nun hatte er nichts mehr mit dieser ganzen Sache zu tun.

Sein drittes Fax an diesem Abend schickte Frank nach Monte Carlo. Er bat dort einen Freund, ein Inserat aufzugeben, dass sein Boot günstig zu verkaufen sei.

Nun musste er rasch zum Flughafen.

Als Frank aus dem Haus ging, nahm er – wie immer – den Weg in die Garage. Aber da war kein Auto mehr, mit dem er wegfahren konnte. Da gab es nur noch die vertrauten Ölflecken auf dem Boden. Der Raum war leer.

Mit dem Taxi fuhr Frank zum Flughafen, wo die Verladeaktion schon im Gange war.

Als die Nacht hereinbrach, hob die mit mehreren Tonnen Lebensmitteln beladene Frachtmaschine ab, und Frank Monograta befand sich auf dem Weg nach Afrika.

Mbulu war inzwischen ins Lager zurückgekehrt und suchte unter all diesen Menschen Wimula. Er konnte sie nirgends finden. Besondere Probleme bereiteten Mbulus Augen, und immer wieder stieß er an Hindernisse, weil er seine Umgebung nicht mehr klar sehen konnte.

Verzweifelt kehrte er an jenen Platz zurück, wo er in den letzten Tagen mit der alten Frau gesessen hatte.

Da – war das nicht Wimula? Der Bub rannte auf die zusammengesunkene Frauengestalt zu, und trotz seiner stark beeinträchtigten Sicht durch das fortgeschrittene Trachom konnte er Wimulas Gesicht erkennen.

„Ich bin so froh, dass ich dich wieder gefunden habe. Ich gehe nie mehr wieder von dir weg. Ich möchte bei dir bleiben." Mbulu umarmte die alte Frau, die nur noch sehr schwach atmete.

„Mein kleiner Liebling, ich werde nicht mehr lange in dieser Welt sein", sagte Wimula mit einer sehr schwachen Stimme, die kaum noch vernehmbar war.

Wenn nicht bald Hilfe kam, dann würde Mbulu wieder einen Menschen verlieren.

Aber woher sollte Hilfe kommen?

An Wunder zu glauben, das hatte Mbulu längst aufgegeben.

Am nächsten Morgen näherten sich zwei Hubschrauber dem Flüchtlingslager und brachten die erste Lebensmittel-Lieferung.

Als der Tag zu Ende war, hatten alle Lagerinsassen etwas gegessen und ihren Durst gestillt.

Das Wunder war tatsächlich geschehen.

27. Noch ein Kaktus

Frank Monograta hatte es tatsächlich geschafft, die Hilfslieferung auf schnellstem Weg in das Flüchtlingslager zu bringen. Landminen können Helikoptern ja glücklicherweise nichts anhaben.

Es war das alles nicht leicht gewesen, aber ein beachtliches Schmiergeld auf dem afrikanischen Flughafen hatte die Abwicklung der Formalitäten enorm beschleunigt.

Außerdem kannte Frank einige der maßgeblichen Leute der Flugplatzleitung von früheren Geschäften. Er kannte sie von damals, als er eine andere – tödliche – Ware in das Land verkauft hatte.

Damals bekam er viel Geld dafür, dass er Tod und Verletzung brachte. Heute kostete es ihn viel Geld, dass er Leben bringen konnte.

Anfangs entstand bei der Ausgabe der Hilfsgüter ein Tumult, denn jeder der ausgemergelten Lagerbewohner wollte sich vordrängen, um rasch zu den rettenden Lebensmitteln zu kommen. Erst das Eingreifen des Hilfspersonals und der Ärztin brachte dann alles in einigermaßen geordnete Bahnen.

Als die Verteilung der Lebensmittel abgeschlossen war, hatte Frank zum ersten Mal ein wenig Zeit, sich umzuschauen, denn bisher waren er und die beiden Hubschrauberpiloten viel zu beschäftigt gewesen, um das sie umgebende Leid überhaupt in seinem ganzen Ausmaß wahrzunehmen.

Frank konnte es nicht fassen, dass Menschen unter diesen Umständen auch nur einen Tag überleben konnten.

Er hatte erfahren, dass viele der Lagerbewohner seit Monaten hier hausten. Die Leute hatten in diesem Camp Zuflucht gesucht, aber niemand konnte sie da richtig versorgen. Sie konnten andererseits auch das Lager nicht verlassen, weil sie nicht wussten, wohin sie sonst gehen sollten.

Eine Spirale der Hoffnungslosigkeit, die für Frank Monograta fast unvorstellbar war.

Nach der Verteilung der Lebensmittel gingen Frank und seine Helfer in die Sanitätsbaracke, um sich ein wenig zu stärken. Frank hätte eigentlich von den Strapazen völlig erschöpft sein müssen, aber er fühlte nach wie vor eine gewaltige innere Spannung, die ihm Energie verlieh. Schon nach wenigen Minuten drängte er wieder zum Aufbruch.

Er wollte sehen, wie die Menschen im Lager lebten.

Zuerst besuchte Frank die Patienten in der Lazarettbaracke. Es schnürte ihm die Kehle zu, als er Gnaguru und einige andere Kinder sah, die von Minen schwer verletzt worden waren.

„Wir haben nicht einmal Geld für primitivste Prothesen", erklärte ihm die Ärztin, „um diesen Kindern ein einigermaßen normales Leben zu ermöglichen."

Nachdem sie das Notspital verlassen hatten, ging Frank mit der Ärztin durch das Lager. Er war erschüttert vom Leid, das ihn umgab, aber er hatte sich andererseits auch selten so wohl gefühlt. Denn gerade er hatte es jetzt mit Geld, das durch Waffenhandel verdient war, zustande gebracht, diese Menschen – zumindest kurzfristig – zu retten.

Frauen und Kinder stürzten auf ihn zu und küssten ihm als Zeichen der Dankbarkeit die Hand. Frank war dies unangenehm. Er wollte keinen Dank, er wollte schlicht und einfach – zumindest ansatzweise – das wieder gut machen, was er in diesem Land mit verschuldet hatte.

Eine Szene im Lager berührte ihn ganz besonders. Er blieb einen Moment vor der alten Frau stehen, die den Buben in ihren Armen hielt. Lächelnd blickte er auf Mbulu und Wimula, die vor ihm auf der staubigen Erde saßen. Mbulu lächelte zurück, aber er konnte Frank nicht mehr richtig erkennen.

„Was hat das Kind?", fragte Frank die ihn begleitende Ärztin.

„Der Bub leidet wie so viele hier unter Trachom. Er wird erblinden, weil wir uns, wie ich schon gesagt habe, „Tetracycline" – obwohl die Salbe so billig ist – nicht leisten können."

„Doch", sagte Frank mit fester Stimme, „ihr könnt sie euch leisten. Ich werde sie so schnell wie möglich zu euch ins Lager bringen. Jetzt weiß ich ja, was hier so dringend gebraucht wird."

Frank Monograta und die Ärztin gingen weiter.

Wimula blickte ihnen lange nach. Dann sagte sie leise zu Mbulu: „Hätten wir nur mehr Menschen so wie diesen gütigen weißen Mann, dann würde es auf der Welt ganz anders aussehen, dann würde es Frieden und nicht mehr Kriege geben."

Während Frank in Afrika durch das Lager ging, betrat Boris in „Little Odessa" ein Postamt, um ein Päckchen aufzugeben, das an einen gewissen Herrn Monograta gerichtet war.

In dem Paket befand sich ein rot bemalter Kaktus und ein kleiner Zettel, auf dem stand:

Lieber Freund!
Wir haben die Mitteilung erhalten, aber wir akzeptieren
die Auflösung unserer Geschäftsverbindung nicht.
Kommen Sie schnellstens in Ihrem Interesse in unsere
Geschäftszentrale nach Little Odessa / New York.
Herzlichst, Ihre Geschäftspartner

Als die Sonne aufging, war Frank Monograta bereits wieder auf dem Rückflug nach Hause. Für ihn gab es in den nächsten Tagen enorm viel zu tun. Noch wusste er nichts von dem Päckchen, das ihm Boris geschickt hatte.

Im Schweizer Sanatorium hatten Gloria und Laura den Brief von Frank schon gelesen, als sie in das Krankenzimmer von Martin gingen.

Der Verband, der Martins Augen bedeckt hatte, war entfernt worden.

„Ich bin okay", sagte Martin ganz leise und versuchte zu grinsen. „Ich bin so glücklich, dass ich euch wieder sehe. Ich bin aber auch so froh darüber, dass mir mein Vater wieder in die Augen schauen kann."

FAKTEN

Über Kindersoldaten
Quelle: UNICEF- Studie „Children in War" u. a.

Bei mindestens 27 Kriegen werden derzeit Kinder unter 15 Jahren eingesetzt. Gegenwärtig dürften – allein in Afrika – mehr als 200.000 Kinder bei 15 bewaffneten Konflikten als Soldaten kämpfen.
Manche dieser Kinderkiller sind erst neun Jahre alt, die ältesten sind zwölf. Um die Kinder dieser „Small-Boys-Units" besser lenken zu können, werden sie nach Angaben der UNICEF mit Marihuana oder aufputschendem Schwarzpulver in den Reisrationen gefügig gemacht. Viele Kinderkiller erhalten auch Crack.
Kindersoldaten gelten als leicht beeinflussbar, anspruchslos und wagemutig. Wenn sich Kinder nicht freiwillig melden, werden sie auf brutale Art und Weise zwangsrekrutiert. Das Soldatenleben ist oft die einzige Alternative, die den Kindern bleibt, wenn die Schulen geschlossen, Familien auseinander gerissen oder die Eltern getötet sind.
Tausende Kinder wurden brutalst gefoltert, um sie gefügig zu machen. Die unfassbaren Foltermethoden sind in der UNICEF-Studie (Children in War) aufgelistet.
Im UNICEF Report „Zur Situation der Kinder der Welt 1996" wird von Kindern berichtet, die im Zuge von Kollektivbestrafungen gefoltert wurden, um aus ihnen Informationen über Altersgenossen oder ihre Eltern herauszupressen. Sie sind auch zur Strafe für ihre Eltern gefoltert worden – oder einfach zur Unterhaltung der Folterer.
Einige Aussagen afrikanischer Kinderkiller-Ausbildner:
-„Sie sind meine besten Kämpfer, weil sie jeden Auftrag ausführen, den ich ihnen gebe."
-„Soldaten, die älter als 20 Jahre sind, haben immer Angst, wenn ich ihnen bestimmte Operationen befehle. Meine kleinen Killer hingegen, die kennen keine Angst."
- Es wird angenommen, dass im Bürgerkrieg in Sierra Leone seit 1991 mehr

als 2500 Mädchen und Buben auf beiden Seiten als Frontkämpfer teilgenommen haben. (Die UNICEF setzte sich in Sierra Leone gemeinsam mit anderen Organisationen vehement für die Entlassung aller Kinder aus dem Militärdienst ein. Es wurde ein Erfolg: Am 31. Mai 1993 verkündete die Regierung die sofortige Demobilisierung aller Kinder unter 15 Jahren sowie das Verbot der Rekrutierung von Kindern dieser Altersgruppe.) Die Befragung dieser Kinder ergab Folgendes:
- Alle Kinder waren Augenzeugen von brutalen Tötungen, Verstümmelungen und Vergewaltigungen an Zivilisten.
- Eine erschreckende Anzahl von Kindern berichtete, dass sie Menschen enthauptet hätten.
- Alle Kinder gaben an, dass sie Kokain, Marihuana oder Alkohol konsumiert hätten.
- Bei medizinischen Untersuchungen der ehemaligen Kindersoldaten wurde festgestellt, dass 60% der Mädchen und 40% der Buben an Geschlechtskrankheiten litten. 2,5% waren mit dem HIV-Virus infiziert.
- In Äthiopien wurden zwischen 1987 und 1991 Tausende von Kindern auf öffentlichen Plätzen einfach eingesammelt und ihren Eltern weggenommen. Nach einem kurzen Ausbildungstraining brachte man die minderjährigen Soldaten direkt an die Front.
- Beim Bürgerkrieg in Liberia kämpften insgesamt sieben verschiedene Kriegsparteien gegeneinander. Angeblich waren etwa 20.000 Kinder im Einsatz – dies ist ein Viertel aller Kämpfer. Manche dieser Kinderkiller waren erst sieben Jahre alt. Bezeichnend dazu die Aussage eines Rot-Kreuz-Mitarbeiters: „Die mit Gewehren können überleben."
- In Mozambique waren während der 80er-Jahre Zehntausende Kindersoldaten im Einsatz. Nach Berichten aus Kreisen des „National Resistance Movement" (RENAMO) wurde den Kindern beigebracht, niemals Furcht oder Sympathie zu zeigen. Manche von ihnen mussten andere Kinder oder sogar die eigenen Eltern töten.
- Viele Kindersoldaten schaffen es nicht, ein für ihr Alter normales Leben zu führen. Die Kampferfahrungen haben sie traumatisiert. In der Hauptstadt Mozambiques zum Beispiel rotten sich die minderjährigen Kriegs-

veteranen zusammen und überfallen Passanten und Geschäfte.
(Zitat aus dem Film von Peter Zurek „Sonnenseiten und Schattenkinder", der anlässlich des 50-jährigen Bestandes der UNICEF gedreht wurde.)
- In Myanmar schickten angeblich Eltern ihre Kinder als Soldaten zu den Rebellen, denn die versprachen Kleidung und zwei Mahlzeiten pro Tag.
- In El Salvador drillten die Ausbildner den Kinderkillern folgende Aussage ein: „Frauen und Kleinkinder sind die Saat für künftige Guerillas und müssen deshalb unbedingt zerstört werden." Jeder Widerstand und jeder Versuch, bei der Teilnahme an diesen Morden nicht mitzumachen, wurde durch den Vorgesetzten hart bestraft.
- Beim Bürgerkrieg im Libanon wurden Kinder in verschiedensten Funktionen eingesetzt. Sie mussten Bomben legen oder bei so genannten „Selbstmordkommandos" mitmachen.
- Mehr als eine halbe Million Kinder wurden vom Iran beim Krieg mit dem Irak eingesetzt. Zehntausende von ihnen verloren dabei ihr Leben. Diese Kinder waren nur gering ausgebildet und dienten nach Angaben der UNO als „human mine detectors", das heißt, sie wurden als lebende Minendetektoren in den Tod geschickt.
Mehr als 6000 Kinder wurden vom Irak als Kriegsgefangene in Lager gebracht.
- Neunjährige Buben kämpften mit den „Mudschaheddin" in Afghanistan. Die Väter hatten ihre Buben einfach mit an die Front genommen.
- Seit 1979, als die Sowjetarmee einmarschierte, wird in Afghanistan gekämpft. Bisher starben bei den Kämpfen 1,5 Millionen Menschen, 400.000 davon waren Kinder.
- Auch in Sri Lanka wurden Kindersoldaten bei den Rebellentrupps eingesetzt.
- In Peru überfielen sowohl die Armee als auch Guerillatrupps die Dörfer und verschleppten Rekruten, darunter auch Kinder.
- Bei Kriegsende in Uganda (1986) befanden sich 3000 Kinder unter den Kämpfern. Die Regierung startete ein großes und erfolgreiches Wieder-Eingliederungs-Programm für diese Kinder ins zivile Leben.
- In Nicaragua und Paraguay haben sich die Mütter „verschwundener Kinder"

zusammengeschlossen und fordern Auskunft darüber, was mit ihren Söhnen und Töchtern geschehen ist.

- In Argentinien schlossen sich die Großmütter „verschwundener Kinder" ebenfalls zusammen. Sie nennen sich „Grandmothers of the Plaza de Mayo" und veranstalten regelmäßig große Demonstrationen oder Fasttage in einer Kathedrale.

- Seit Jahrhunderten müssen Kinder beim Militär dienen – als Leichtmatrosen auf Schlachtschiffen, Trommler bei europäischen Feldzügen u. ä.; tatsächlich kann das Wort „Infanterie" für die Fußtruppe auch „Kindertruppe" bedeuten.

Doch die Entwicklung ist erschreckend:

Nach UNICEF-Jahresberichten werden gegenwärtig immer mehr Kinder direkt als Soldaten in die Kampfhandlungen involviert.

Über Kriege
Quelle: UNICEF u. a.

- Seit dem Ende des Zweiten Weltkrieges gab es auf der Erde nur insgesamt drei Wochen lang so etwas wie einen Weltfrieden. In der restlichen Zeit wurde gekämpft: in verschiedenen Staaten Afrikas, in Vietnam und anderen Ländern Asiens, im ehemaligen Jugoslawien, in Palästina und an vielen anderen Orten.
- Insgesamt wurden seit dem Ende des Zweiten Weltkriegs über 170 bewaffnete Konflikte registriert, die etwa 7,5 Millionen Soldaten und etwa 25 Millionen Menschen das Leben gekostet haben.
- Unbekannt ist die Zahl der zivilen Opfer, der Verletzten, der Verschleppten, der Verstümmelten und der Gefolterten.
- Mehr als zwei Millionen Kinder starben seit 1986 nach Angaben der UNICEF durch verschiedene Kriege.
Rund 5 Millionen Kinder erlitten durch diese Kriege schwerste Verletzungen.
Über 12 Millionen Kinder wurden aus ihrer Heimat vertrieben.
Millionen Kinder verloren ihre Eltern.
- Generationen von Kindern haben noch nie Frieden erlebt. Zum Beispiel herrscht im Sudan seit mehr als 30 Jahren Krieg, in Angola seit über 20 Jahren. Weitere Beispiele sind Afghanistan, Sri Lanka und Somalia.
- Im ehemaligen Jugoslawien bietet die UNICEF eine Hilfe für durch den Krieg traumatisierte Kinder an. Mit der Arbeit wurde im Juni 1994 begonnen.
„Diese Kinder sahen Dinge, die man sich nicht vorstellen kann", berichtete die Psychologin Darka Minic über ihre jungen Patienten aus Bosnien-Herzegowina.
Eine andere Psychologin, die in einem Rehabilitationszentrum in Igalo (Montenegro) arbeitet, sagte: „Ich wusste von den Bombardierungen, aber was mir diese Kinder noch erzählten, war erschütternd. Sie sahen Verwandte und Freunde sterben, waren selbst im Gefängnis, wurden bedroht und misshandelt."
- Eine Untersuchung der UNICEF wurde 1995 in Angola durchgeführt.

Sie ergab:
- 66% der befragten Kinder waren dabei, als Menschen ermordet wurden.
- 91% hatten Leichen gesehen.
- 67% mussten mitansehen, wie Menschen gefoltert, geschlagen oder verletzt wurden.
- Eine ähnliche Untersuchung der UNICEF in Sarajevo, wo fast jedes vierte Kind verwundet wurde, erbrachte im Sommer 1993 folgendes Ergebnis:
- 97% der Kinder hatten Granatangriffe aus nächster Nähe miterlebt.
- 55% waren von Heckenschützen beschossen worden.
- 66% waren schon einmal dem Tod nahe.
- Bei den Kriegen in vergangenen Jahrhunderten war etwa die Hälfte der Opfer Zivilisten. Das hat sich seither stark geändert: Im Zweiten Weltkrieg betrug der Anteil der Zivilbevölkerung schon zwei Drittel, 1980 stieg die Zahl auf rund 90 Prozent.

Hauptursache dafür, dass immer mehr Zivilisten Opfer von Kriegen werden, ist die Tatsache, dass heute die meisten Kampfhandlungen nicht mehr zwischen Ländern stattfinden, sondern innerstaatlich ausgetragen werden. Oft kämpfen nicht mehr Armeen gegeneinander, sondern Rebellen bzw. Freiheitskämpfer gegen Soldaten oder zivile Widerstandsgruppen untereinander.

Dazu UNICEF: „Familien und Kinder geraten nicht nur zufällig ins Kreuzfeuer, sondern werden oftmals absichtlich zum Ziel militärischer Angriffe. Dies gilt vor allem für so genannte ethnische Konflikte, wo Kriege nicht selten zur ethnischen Säuberung und zum Genozid eskalieren. Nicht nur Erwachsene, auch die nächste Generation des Feindes – die Kinder – werden getötet."

Ein erschreckendes Beispiel dafür waren vor gar nicht so langer Zeit die Ereignisse in Ruanda.

Über Minen und Blend-Laser
Quelle: UNICEF u. a.

- 110 Millionen Minen warten auf dieser Welt in insgesamt 68 Staaten auf ihre Opfer. Im Klartext: eine Mine für jedes 12. Kind.
- Seit 1975 sind – nach Angaben der UNICEF – über eine Million Menschen zum Opfer von Landminen geworden.
- Alle 20 Minuten tritt irgendwo auf der Welt ein Mensch auf eine Landmine.
- Zwischen 30% und 40% aller Minenunfälle betreffen Kinder unter 15 Jahren. Hunderttausende Kinder sind von dieser heimtückischen Waffe getötet oder verstümmelt worden: beim Viehhüten, bei der Feldarbeit, beim Spielen oder beim Einsatz als „lebender Minendetektor" wie im Krieg Iran gegen Irak.
- Schätzungen zufolge töten oder verstümmeln Minen jede Woche etwa 500 Menschen, also 25.000 Menschen pro Jahr.
- Sehr oft sind nach den Kampfhandlungen riesige Gebiete extrem gefährlich – vor allem für Kinder.
Es wird geschätzt, dass in Kabul /Afghanistan etwa 22 Millionen Quadratmeter vermint sind. Zwischen 2000 und 4000 Menschen sterben dort jedes Jahr nach Unfällen, die durch Anti-Personen-Minen verursacht werden. 10% dieser Opfer sind nach Angaben der UNICEF Kinder.
- In Bosnien sind besonders viele Minen vergraben. Fachleute rechnen damit, dass in frühestens 40 Jahren die wichtigsten Teile des Landes von Minen geräumt sein werden.
- UNICEF setzt sich für ein umfassendes Verbot von Anti-Personen-Minen ein, führt Programme (Mine-Awareness-Programs) durch, die Kinder vor diesen Waffen schützen sollen, und schafft für die Opfer eigene Kinder-Rehabilitationsprogramme.
- „Eine Mine ist der beste Soldat. Sie ist immer mutig, sie schläft nie und sie verfehlt nie ihr Ziel." So lautet ein Ausspruch eines Generals der Roten Khmer. („Neue Kronen Zeitung", Oktober 1997)
- Einmal im Boden vergraben, bleibt eine Mine bis zu 50 Jahre aktiv. Der

Großteil der zurzeit vergrabenen Minen wird deshalb auch noch nach der Jahrtausendwende Menschen schwer verletzen und töten.
- Sollte es irgendwann zu einem Landminenverbot kommen, dann werden ganz sicher nicht alle dieser vergrabenen heimtückischen Waffen gefunden und entschärft.
- Beim Blend-Laser, von dem in diesem Buch die Rede ist, handelt es sich um kein Produkt der Phantasie.
Diese Waffe gibt es tatsächlich. In den USA und China wurde der Blend-Laser zur Produktionsreife entwickelt. Zweck dieser hinterhältigen Waffe ist es, den Gegner absichtlich blind zu machen. Unhörbar und unsichtbar können Menschen damit blindgeschossen werden, ohne Rücksicht auf ihren Status als Zivilist oder Soldat. Noch aus 1000 Metern Entfernung kann ein Laserstrahl mit 50 cm Streubreite in Sekundenbruchteilen die Netzhaut der Augen zerstören. Unter anderem kämpft auch die Christoffel-Blindenmission gegen die Verbreitung dieser Waffe. Der Blend-Laser in den Händen von gewöhnlichen Kriminellen, Terroristen oder illegal operierenden Rebellen könnte verheerenden Schaden anrichten.
Über 100.000 Menschen haben die Kampagne „STOP blindmachende Laserwaffen" unterstützt.
Bei der Wiener UN-Konferenz, wo man in der Frage über ein Verbot der Landminen zwar gescheitert ist, konnte man sich wenigstens über ein Verbot bezüglich Einsatz und Verbreitung von Blend-Lasern einigen. Allerdings bleibt die Produktion und Lagerung dieser Waffe weiterhin erlaubt. Auch Sanktionen im Falle eines Verstoßes wurden noch nicht vereinbart.
Augenärzte bezeichneten den Blend-Laser als eine „Perversion des Denkens", wenn die Chancen, die der Augenmedizin mit den modernen Anwendungsmöglichkeiten der Laserstrahlen erwachsen sind, durch die absichtliche Vernichtung von Augenlicht in ihr Gegenteil verkehrt würden.
Vor allem in den so genannten Entwicklungsländern könnte diese Waffe wahrscheinlich zum Einsatz kommen und zusätzliches Leid schaffen.
In Ottawa wurde im Dezember 1997 formell die Landminen-Konvention unterzeichnet. Das Abkommen sieht ein weltweites Verbot von so genannten Anti-Personen-Minen vor. Die USA, Russland und China und die meis-

ten Nahostländer haben sich dem Abkommen nicht antgeschlossen. Experten vermuten, dass im Kriegsfall auch weiter Minen eingesetzt werden und die Produktion dieser hinterhältigen Waffen nun eben nicht offiziell, sondern in geheimen Fabriken, erfolgen wird.

Über Flüchtlinge, Milliardäre und einen friedlichen Freiheitskämpfer
Quellen: „NEWS", UNICEF u. a.

Es sind nicht die Kriege, die in Afrika die meisten Todesopfer fordern. Etwa 20 Mal so viele Menschen sterben durch Nahrungsmangel, fehlende medizinische Versorgung und die Strapazen der Flucht.
In Somalia starb im Jahr 1992 wahrscheinlich die Hälfte aller Kinder unter fünf Jahren. Etwa 90 Prozent von ihnen fielen – laut UNICEF – einer tödlichen Wechselwirkung von Krankheit und Unterernährung zum Opfer.
Ruanda ist eines der erschütterndsten Beispiele dafür, wie Kinder direkt in die Gewalt eines Krieges miteinbezogen werden. „Um die großen Ratten auszurotten, muss man die kleinen Ratten umbringen!", sagte ein politischer Führer vor dem Ausbruch der Gewalt in Ruanda bei einer Rundfunksendung.
Viele Flüchtlingskinder verlieren während der Kriege den Kontakt zu ihrer Familie und bleiben alleine zurück.
Im Jahr 1994 betrug in Ruanda die Zahl der allein stehenden Kinder – nach Schätzungen der UNICEF – rund 114.000. Viele dieser Kinder mussten sich während der Massaker wochenlang verstecken, erlebten das Massensterben in den Lagern oder trieben, völlig auf sich allein gestellt, irgendwo im gigantischen Flüchtlingsstrom. Diese Kinder hatten ohne Unterstützung durch Erwachsene kaum eine Chance zu überleben.
In Angola waren – wie UNICEF 1995 im Rahmen einer Untersuchung feststellte – rund 20% der Kinder zeitweise von ihren Eltern und Verwandten getrennt gewesen.
Unbegleitete minderjährige Flüchtlinge machen in der Regel etwa fünf Prozent der Flüchtlingspopulation aus.

Der Bürgerkrieg im Sudan begann 1983 und hat seither rund 500.000 Opfer gefordert. Unzählige Menschen wurden heimatlos. Etwa 20.000 Kinder zwischen 7 und 17 Jahren wurden von ihren Familien getrennt. Wörtlich heißt es dazu in einem UNICEF-Bericht: „Diese Kinder durchwanderten den Sudan bis nach Äthiopien und wieder zurück, auf der Suche nach Zuflucht vor den Kämpfen. Viele starben, die Überlebenden sind jetzt in Lagern in Kenia, im Sudan und in Uganda. Aus Angst, möglicherweise zum Kriegsdienst eingezogen zu werden, verließen viele Buben ihre Dörfer und gingen in Städte wie Juba und Khartoum. Sie hofften, dort Arbeit zu finden und eine Schule besuchen zu können. Die Städte waren bald überfüllt und die Kinder gezwungen, sich mit Betteln und Diebstählen über Wasser zu halten.

Viele Kinder machten sich auf den Weg in die Flüchtlingslager nach Äthiopien. Immer bedroht, flohen sie um ihr Leben und verirrten sich oft in der Wildnis. Oft büßten sie unterwegs alles ein, was sie besaßen. Viele starben an tödlichen Krankheiten, andere waren so geschwächt, dass sie Raubtieren zum Opfer fielen. Die Überlebenden, die tatsächlich ein äthiopisches Flüchtlingslager erreichten, waren aber nur kurz in Sicherheit. Nach dem Regierungswechsel in Äthiopien im Mai 1991 mussten sie wieder in den Sudan zurückkehren. Ihre zweite Flucht fiel in die Regenzeit. Viele kamen beim Durchqueren der Flüsse um, andere starben durch Luftangriffe der sudanesischen Armee. Die Überlebenden fanden vorübergehend Zuflucht in Lagern, die sie jedoch bald wieder verlassen mussten, da neue Kämpfe ausbrachen. Sie machten sich auf nach Kenia." Seit 1991 ist es der UNICEF gelungen, fast 1200 dieser Kinder wieder zu ihren Familien zurückzubringen, aber noch immer befinden sich Tausende in den Lagern. Gabriel, ein Elfjähriger, sagte: „Viele meiner Freunde sind gestorben. Die einen wurden umgebracht, die anderen sind verhungert. Immer, wenn ich schlafe, träume ich davon."

Ruanda: Im Jahr 1994 – nach dem Genozid der Hutu an der Tutsi-Bevölkerung – mussten etwa 1,5 Millionen Flüchtlinge im Osten Zaires Zuflucht in elenden Flüchtlingslagern suchen. In einem der Zeltlager starben damals an einer Choleraepidemie zwischen 40.000 und 50.000 Menschen.

Entlang der Grenze zwischen Zaire, Ruanda und Burundi vertrieben schwere Kämpfe Hunderttausende Menschen aus den Flüchtlingslagern. Ende 1996 wurde die Lage so bedrohlich, dass selbst die Helfer der diversen Hilfsorganisationen flüchten mussten. Als nicht einmal mehr eine Telefonverbindung mit der umkämpften Stadt Goma existierte, irrten 700.000 Flüchtlinge zwischen den Frontlinien herum. In der Region Süd-Kivu warteten 500.000 Menschen auf Hilfe. Diese Flüchtlinge mussten tagelang ohne Wasser und Nahrung auskommen. Viele der Flüchtlinge blieben erschöpft am Straßenrand liegen und starben.

Das Lager Minganga, für maximal 150.000 Menschen konzipiert, musste über 450.000 Flüchtlinge aufnehmen: eine hygienische Katastrophe, die das Massensterben beschleunigte. Der deutsche Sprecher des UN-Flüchtlingshochkommissariats (UNHCR), Stefan Telöken, sagte dazu: „80 Prozent der Lagerinsassen sind Frauen und Kinder, davon sind 10.000 nicht älter als fünf Jahre alt. Im Verteilungskampf, wo nur die Starken überleben, sind sie die Hauptopfer."

In Zaire, wo sich ein Teil der Flüchtlingsdramen abspielt, regierte bis 1997 Präsident Mobutu Sese Seku, der sich selbst als viertreichsten Mann der Welt bezeichnete. Mobutu war der Sohn eines Missionarkochs, der sich vor mehr als 30 Jahren durch einen Putsch an die Macht gebracht hatte. Nach Medienberichten hatte er die „persönliche Bereicherungsdiktatur" zur Staatsform erhoben, und die Einnahmen des Landes wurden nach folgender Regel verteilt: 90 Prozent für den Herrscher und seinen Clan, 10 Prozent für das Volk. In einem Artikel der deutschen Wochenzeitung „Die Zeit" wurde berichtet, dass dieses korrupte System von einer 100.000 Mann starken Armee und rund 600.000 Bürokraten getragen wurde, die parasitär mitverdienten.

Zaire hat 42 Millionen Einwohner, 80 Prozent der Menschen sind ohne Arbeit, 70 Prozent Analphabeten, und das Durchschnittseinkommen liegt bei etwa 100 Dollar im Jahr.

Das Land selbst ist reich und verfügt nach UN-Schätzungen über die größten Energiereserven Afrikas.

Präsident Mobutu hatte nach Schätzungen des US-Wirtschaftsmagazins

„Fortune" ein Privatvermögen von rund 60 Milliarden Dollar. Die „Sunday Times" schätzte ihn auf 96 Milliarden Dollar.
Der Herrscher wohnte meist in seiner Prunkvilla an der Côte d' Azur
In Nigeria – einem Land mit besonderem Ölreichtum – regiert seit dem Militärputsch im Jahr 1993 der Diktator Sani Abacha. Oppositionelle und Regimekritiker ließ er verhaften oder von Todesschwadronen hinrichten. Der nigerianische Literaturnobelpreisträger Wole Soyinka bezeichnete nach seiner Flucht Sani Abacha als den schlimmsten Diktator, den Nigeria je hatte. Der General ist unfassbar reich. Er kassiert den größten Teil der durch das Erdöl erzielten Gewinne, angeblich 12,5 Milliarden Dollar pro Jahr. Um rund 3 Milliarden Dollar ließ sich der Diktator eine prunkvolle, dem britischen Kolonialstil nachempfundene Residenz bauen.
Ein offizieller Amtstrakt, in dem der Diktator angeblich pro Tag zwei Stunden an seinem elfenbeinverzierten Schreibtisch arbeitet, ist durch einen Arkadengang aus weißem Marmor mit dem Palast verbunden. Auf dem Gelände gibt es noch einen eigenen Frauenpalast, Reitställe und eine Siedlung für die Diener und Paradeplätze. Vor den fünf Haupteingängen ragen 20 Meter hohe, mit purem Gold verkleidete Eingangsportale in den Himmel. 150 schwarze Luxuslimousinen stehen dem Clan des Diktators jederzeit zur Verfügung.
In die Wände des Palastes wurden hunderte Maschinengewehre an strategischen Positionen eingemauert. Vom Schlafzimmer des Diktators aus gibt es einen Fluchttunnel in die Feuerwehrzentrale, wo ein getarnter Panzerwagen immer zur Verfügung steht, der Sani Abacha zum etwa 40 Kilometer entfernten Flugplatz bringen soll. Tonnen von Sprengstoff sind entlang dieses Fluchtweges angebracht, um eine Verfolgung unmöglich zu machen. Der vier Kilometer lange Zaun rund um den Palast löst bei Berührung Alarm aus. Etwa 1600 Infrarot-Videokameras überwachen das ganze Areal. Das reiche Ölland Nigeria selbst ist offiziell mit 60 Milliarden Dollar verschuldet, und dem Staat droht der Bankrott.
Ein anderes Ereignis brachte Nigeria im Jahr 1995 kurz in die Schlagzeilen. Der Diktator hatte den preisgekrönten Autor Ken Saro-Viva und acht weitere Führer des Ogoni-Stammes hinrichten lassen. Die Männer hatten

friedlich gegen die gewaltigen Umweltzerstörungen des Ogoni-Landes im Niger-Delta protestiert, in dem internationale Ölmultis und der Diktator täglich Millionengewinne machen. Am 29. September 1995 sollte Ken Saro-Viva in Wien der „Kreisky-Menschenrechtspreis" übergeben werden, doch der Autor selbst konnte nicht mehr kommen, da er zu diesem Zeitpunkt bereits inhaftiert war.

Über Blindheit
Quelle: Schätzungen der Weltgesundheitsorganisation (WHO) und der Christoffel-Blindenmission

- Nach WHO-Schätzungen gibt es weltweit mehr als 38 Millionen Blinde.
- Mindestens 5 Millionen Menschen erblinden jährlich.
- Jede Minute gibt es weltweit 10 Blinde mehr, darunter ein Kind.
- Die Zahl der Blinden wächst dramatisch an. Bis zum Jahr 2000 wird mit einer Zunahme auf mindestens 45 Millionen gerechnet.
- Über 15 Millionen hochgradig Sehgeschädigte leben auf der Erde.
- Blindheit ist kein unabwendbares Schicksal.
- Mehr als die Hälfte aller zurzeit Erblindeten könnte das Augenlicht wieder zurückbekommen, brächten wir nur die vergleichsweise geringen Mittel auf.
- Über 80 Prozent aller Menschen ohne Augenlicht leben in den Armutsgebieten der Erde. Dort ist die Gefahr zu erblinden zehn Mal höher als in den so genannten reichen Ländern.
- Über Trachom: Bei dieser Krankheit entzünden sich die Augenlider und stülpen sich um. Alle Wimpern brechen ab. Die nachwachsenden Wimpern werden zu harten Borsten, die die Hornhaut zerkratzen. Blindheit ist die Folge.
Weltweit sind etwa 360 Millionen Menschen infiziert.
150 Millionen Kinder sind Infektionsträger.
6 Millionen Menschen sind durch Trachom erblindet, vorwiegend in Afrika.

Verursacher ist ein Bakterium (Clamydia Trachomatis), das durch Fliegen, vom Sekret aus den Augen der Kinder angelockt, übertragen wird.
Der Erreger des Trachoms kann sich verheerend ausbreiten, denn in vielen Gebieten Afrikas ist Wasser Mangelware. Man wäscht sich kaum oder nur mit verschmutztem Wasser, denn das wenige Wasser wird zum Trinken und Kochen benötigt.
Ist jemand infiziert, so hilft nur Medizin. Die Salbe „Tetracycline" kostet etwa so viel wie eine Packung Zigaretten. Mit einer solchen Tube kann eine ganze Familie vor Trachom-Blindheit gerettet werden. Die Salbe wirkt unmittelbar.
Vorbeugen wäre die beste Lösung, das heißt: sauberes Wasser beschaffen und die Menschen über Hygiene informieren.
- Insgesamt erblinden jährlich etwa 500.000 Kinder, die meisten in den Armutsgebieten unserer Erde. 60 bis 80 Prozent davon sterben rund ein bis zwei Jahre nach ihrer Erblindung. Schlechte Ernährung und fehlende medizinische Versorgung sind die Hauptursachen dafür.
- Der Mangel an Vitamin A (Xerophthalmie) ist die häufigste Ursache für Kinderblindheit innerhalb der ersten fünf Lebensjahre. In akuten Fällen helfen hochdosierte Vitamin A-Kapseln, die zwei- bis dreimal jährlich verabreicht werden müssen. Sie verhindern eine Erblindung. Die Kapseln werden derzeit von einem Pharmaunternehmen kostenlos zur Verfügung gestellt, die Verteilung an die Betroffenen kostet etwa so viel wie eine Packung Kaugummi.
- Über Flussblindheit: Onchozerchose, so der Fachausdruck, ist eine Wurmkrankheit, die in den Flussregionen West- und Zentralafrikas auftritt, aber auch in Teilen Südamerikas vorkommt. Etwa 17 Millionen Menschen sind davon betroffen. Etwa eine halbe Million von ihnen erblindet.
Die Kriebelmücke (Simulium) überträgt durch ihren Stich die Larve des Fadenwurms Onchocerca volvulus, der dann im Menschen während der darauf folgenden 12 Monate heranwächst und anschließend laufend Mikrofilarien produziert. Millionen winziger Würmer breiten sich im Körper aus, bilden Knoten unter der Haut, erreichen am Ende das Auge, und es gibt keine Rettung für das Sehvermögen.

Seit wenigen Jahren hat man ein Gegenmittel. „Mectizan" tötet zwar nicht die Würmer im Körper, aber unterbricht ihre Fortpflanzung. Der Erreger wird sterilisiert. Ein bis zwei Tabletten pro Jahr bieten wirksame Hilfe. Das Medikament stiftet der Hersteller.
Das größte Problem besteht darin, die Medizin zu Menschen zu bringen, die in entlegenen Gebieten leben.
- Auf dem indischen Subkontinent leben rund neun Millionen der weltweit 17 Millionen am „Grauen Star" erblindeten Menschen. Diese Linsentrübung verursacht fast 50 Prozent aller Erblindungen. Durch eine kleine Operation – die eine Viertelstunde dauert und etwa so viel kostet wie eine Stange Zigaretten – könnte den Menschen das Augenlicht wieder zurückgegeben werden.
- In den Armutsgebieten der Welt hilft bei unrettbar Erblindeten nur eine möglichst optimale Eingliederung in die Gesellschaft. Dafür hat die Christoffel-Blindenmission ein Programm ausgearbeitet.
Die Menschen müssen lernen, mit dem Blindenstock zu gehen, und sie sollten das Lesen und Schreiben in Blindenschrift lernen.
- Ein weiterer Schritt zur Selbständigkeit folgt. Blinde trainieren einfache handwerkliche und vor allem landwirtschaftliche Fertigkeiten, um sich und ihre Familien möglichst selbständig ernähren zu können.
- Mehr als 90 Prozent der blinden Kinder können keine Schule besuchen. Diese Kinder würden Punktschriftpapier benötigen, um die Blindenschrift zu üben. Für das Rechnen brauchen blinde Kinder unbedingt den Abakus. Mit diesem Lernbehelf könnten sie alle gebräuchlichen Rechenaufgaben lösen. Damit Blinde Texte in Blindenschrift schreiben können, benötigen sie den Brailler, ein Gerät, das nicht sehr teuer ist, dass sich aber in den Entwicklungsländern kaum jemand leisten kann.

Fakten der Hoffnung
Quelle: „Die Presse", Tiroler Tageszeitung

- „Kanada ist minenfrei: Alle Bestände zerstört – Die letzten Minen der kanadischen Armee wurden in die Luft gejagt."
- „Österreich beschließt Totalverbot von Minen": Österreich hat die internationale Anti-Minen-Konvention Anfang Dezember 1997 unterzeichnet. Prinzipiell beabsichtigen 121 Staaten, dem Vertrag beizutreten. Diese Anti-Minen-Konvention tritt erst in Kraft, sobald mindestens 40 Länder sie ratifiziert haben.

Die wichtigsten Punkte dieser Vereinbarung sind:
- ein Verbot des Einsatzes, der Lagerung, der Herstellung und des Transfers von Anti-Personen-Minen;
- die Zerstörung von gelagerten Minen innerhalb von zehn Jahren;
- die Zerstörung von in verminten Gebieten liegenden Anti-Personen-Minen innerhalb von zehn Jahren.
- Am 10. 12. 1997 wurde der Friedensnobelpreis stellvertretend an einen Kambodschaner und an eine Amerikanerin verliehen:

Der 37-jährige Kambodschaner Tun Channareth verlor vor 15 Jahren bei einer Minenexplosion beide Beine; Lody Williams, 47 Jahre alt, nahm den Kampf gegen Anti-Personen-Minen 1991 auf, als Mitarbeiterin der „Vietnam-Veteranen". Mit dem Nobelpreis wird das Engagement von rund tausend regierungsunabhängigen Organisationen gewürdigt, die in der „International Campaign to Ban Landmines" (ICBL), einer Bewegung für das Verbot der Landminen, zusammengefasst sind.